Catherine Kalengula
Emily in Paris

AF196436

Autorin

Catherine Kalengula, geboren 1972, lebte einige Jahre in London, bevor es sie in ihr Heimatland Frankreich zurückverschlug.
Die Autorin lebt mittlerweile in Saint-Lo, wo sie die meiste Zeit
mit ihrer großen Leidenschaft verbringt: dem Verfassen von
spannenden Geschichten. Nach zahlreichen Jugendbüchern
schreibt sie nun die Romanadaption des Netflix-Sensationser-
folgs »Emily in Paris«.

Besuchen Sie uns auch auf www.instagram.com/blanvalet.verlag
und www.facebook.com/blanvalet

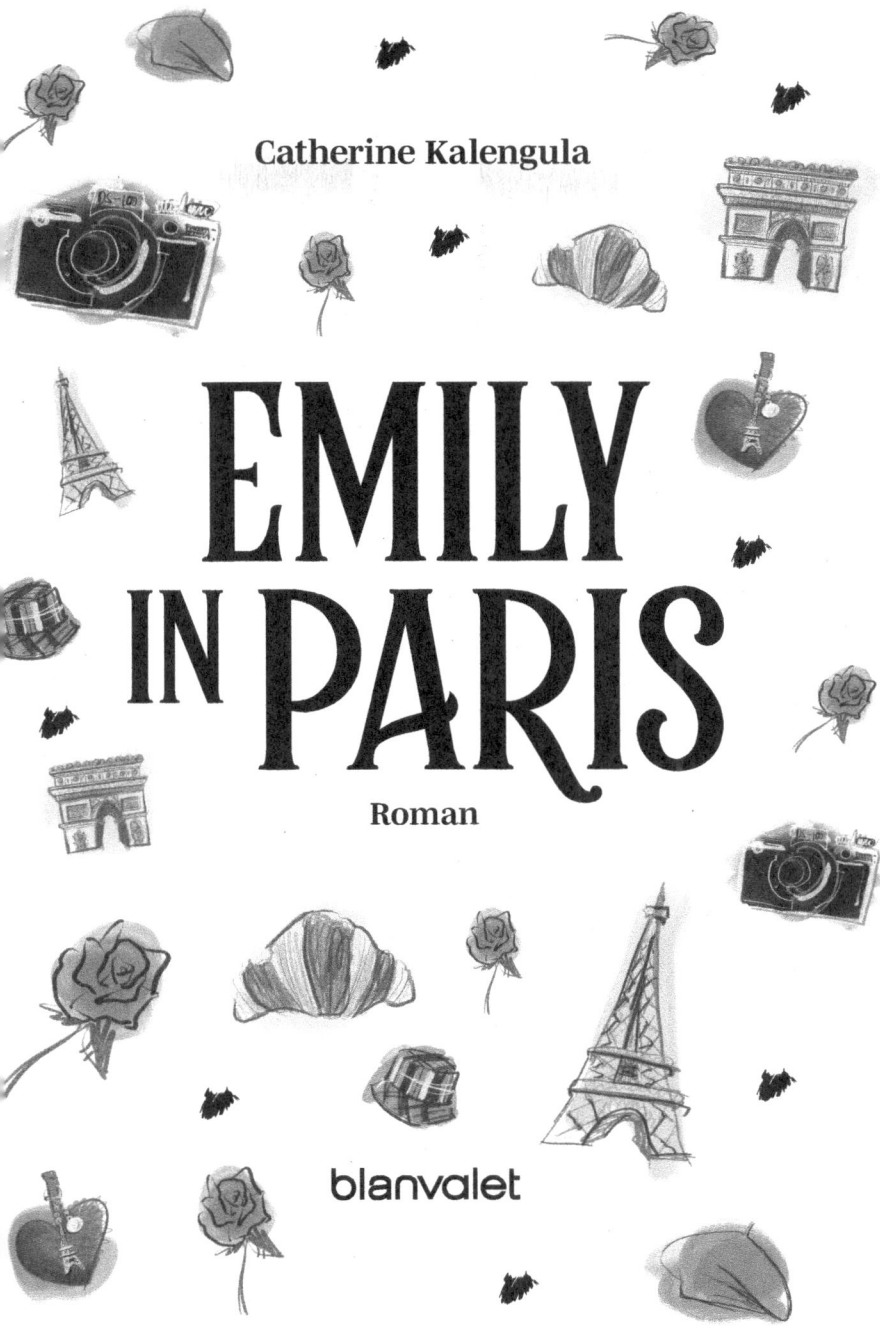

Catherine Kalengula

EMILY IN PARIS

Roman

blanvalet

Die Originalausgabe erschien 2022 unter dem Titel
»Emily in Paris« bei Hachette Livre, Vanves.

Sollte diese Publikation Links auf Webseiten Dritter enthalten,
so übernehmen wir für deren Inhalte keine Haftung, da wir
uns diese nicht zu eigen machen, sondern lediglich auf deren
Stand zum Zeitpunkt der Erstveröffentlichung verweisen.

Penguin Random House Verlagsgruppe FSC® N001967

3. Auflage
Novelization written by Catherine Kalengula.
Published under license from Viacom International

Copyright der Originalausgabe: © 2022 Viacom
International Inc. All Rights Reserved.
Emily in Paris and all related titles, logos and characters
are trademarks of Viacom International Inc.
© 2022 by Hachette Livre

Copyright der deutschsprachigen Ausgabe © 2022 by
Blanvalet in der Penguin Random House Verlagsgruppe
GmbH, Neumarkter Str. 28, 81673 München
Übersetzung: Isabella Bautz
Redaktion: Anne Fröhlich
Umschlaggestaltung und -motiv: © 2022 Viacom International
Inc. All Rights Reserved. Emily in Paris and all related titles, logos
and characters are trademarks of Viacom International Inc.
DK · Herstellung: sam
Satz: Vornehm Mediengestaltung GmbH, München
Druck und Bindung: GGP Media GmbH, Pößneck
Printed in Germany
ISBN 978-3-7341-1230-0
www.blanvalet.de

Welcome to Paris

Ich sitze im Taxi, und mein Herz pocht so wild, als würde es gleich zerspringen. Ich, Emily Cooper, bin in Paris! Im Leben braucht man Träume, und ich habe schon immer davon geträumt, hierherzukommen. Das kam ganz plötzlich, eines Abends, als ich mir den Film *Moulin Rouge* mit der großartigen Nicole Kidman ansah. Ich war sieben oder acht Jahre alt, und da, auf dem Sofa vorm Fernseher, rief ich: »Ich will auch nach Paris!« Meine Mutter sagte darauf: »Das ist aber ziemlich weit weg von Chicago, oder?« Und mein Vater fügte hinzu: »Das würde ich mir an deiner Stelle gut überlegen. Die Franzosen waschen sich nämlich nur einmal im Monat.«

Aber nichts konnte mich davon abbringen, nicht einmal penetranter Körpergeruch.

Ich bin natürlich nicht blöd. Ich weiß, dass die Geschichte von *Moulin Rouge* während der Belle Époque spielt und dass seitdem viel Wasser die Seine hinuntergeflossen ist. Also, nein, es war kein realistischer Traum, aber er ließ mich nie ganz los. Dieser Film hat in mir etwas gesät, das im Laufe der Jahre gewachsen und schließlich erblüht ist.

Paris zieht an mir vorüber, all die bekannten Sehenswürdigkeiten, eine imposanter als die andere. Und ich, ich kann gar nicht mehr aufhören zu grinsen! Ein bisschen Angst habe ich allerdings auch. Vielleicht gehöre ich hier gar nicht her? Und bestimmt werde ich meinen Freund Doug schrecklich vermissen. Und was, wenn Paris in Wirklichkeit ganz anders ist als in meinem Traum?

Aber ich reiße mich zusammen und begrabe all diese Ängste unter einer Tonne Optimismus. Denn Träume können uns weit bringen, aber Angst ist lähmend.

Das Taxi biegt auf einen pittoresken Platz ein – da plätschert sogar ein Brunnen! – und hält vor einem Altbau. Ich bin hin und weg. Es fehlt nicht viel, und ich mache noch Luftsprünge und rufe »Paris, hier bin ich!«

Kaum zu glauben, dass ich all das einem Spermium verdanke. Denn wäre meine Chefin, zu Hause in Chicago, nicht genau im richtigen Moment schwanger geworden, wäre sie jetzt hier, und nicht ich. *I love you*, kleine Kaulquappe! Und danke, Glücksstern, für das perfekte Timing!

Als ich aus dem Taxi steige, kommt ein Typ im Businessanzug auf mich zu.

»Emily Cooper?«, sagt er und streckt mir die Hand entgegen. »Gilles Dufour, von der Wohnungsvermietung.«

»Hi, *bonjour*!«

Meine Wohnung liegt wohl im fünften Stock, ohne Aufzug. Eine wunderschöne alte Treppe windet sich spiralförmig nach oben. Nachdem ich mein schweres Gepäck gefühlt tausend Stufen hinaufgeschleppt habe, finde ich sie allerdings nicht mehr ganz so wunderschön.

Erste Feststellung zu Paris: Alt ist schön, aber nicht sehr praktisch.

»Sind wir da?«, frage ich, völlig außer Atem.

»Ihre Wohnung ist im fünften Stock. Wir sind erst im vierten.«

»Ich habe fünf Etagen gezählt.«

Gilles Dufour seufzt genervt, als wäre ich total dämlich.

»In Frankreich kommt zuerst das Erdgeschoss, dann der erste Stock, dann der zweite, und so weiter.«

»Das ist seltsam.«

»Nein, das ist völlig logisch«.

Ich könnte ihm natürlich erklären, dass das, was den einen logisch erscheint, anderen durchaus Rätsel aufgeben kann. Aber das spare ich mir lieber. Ich will jetzt nur eins: Mein Pariser Zuhause kennenlernen! Also mobilisiere ich meine letzten Kräfte und schleppe meine Koffer den nächsten Treppenabsatz hinauf. Gilles Dufour kann behaupten, was er will, meine Beine sagen mir eindeutig: Es ist der *sechste* Stock!

»*Voilà*, Ihr wunderbares, charmantes *chambre de bonne*, ein ehemaliges Bedienstetenzimmer.«

Mir wird schnell klar, dass »charmant« Maklersprech für »winzig klein« ist. Und die Einrichtung erinnert vage an die meiner Großmutter. Es riecht auch so ähnlich wie bei meiner Großmutter. Aber so fühle ich mich immerhin fast wie zu Hause. Und die Aussicht ist einzigartig! So eine *sechste* Etage hat auch ihre Vorteile.

»*Oh my God!* Ich fühle mich wie Nicole Kidman in *Moulin Rouge!*«

»Ja, ganz Paris liegt Ihnen zu Füßen.« Der Makler legt mir eine Hand auf die Schulter. Uh! »Da unten gibt es ein nettes kleines Café. Es gehört einem Freund von mir. Also, alles gut?«

»Ja, alles *très* gut«, antworte ich mit einem breiten Lächeln. »Einfach wundervoll.«

Jetzt könnte er eigentlich gehen. Das mit den Etagen habe ich begriffen, und nun möchte ich einfach Paris bewundern. Mein Paris. Ich möchte diesen Moment auskosten – allein, wenn Doug schon nicht bei mir sein kann. Doch leider scheint Gilles Dufour nicht verschwinden zu wollen.

»Haben Sie Hunger?«, fragt er. »Möchten Sie vielleicht einen Kaffee, oder …«

»Nein, ich muss sofort ins Büro.«

»Vielleicht können wir heute Abend etwas trinken gehen?«

Warum kommt es mir so vor, als würde er mit mir flirten? Na gut, es ist nicht gerade subtil. Eigentlich geradezu mit-der-Tür-ins-Haus. Ich dachte, er hält mich für dämlich? Aber das scheint ihn nicht weiter zu stören. Mich hingegen stört es sehr. Er soll mir gefälligst einfach den Schlüssel geben. Das erwartet man doch schließlich von einem Makler. Oder sind im Mietpreis noch andere »Dienste« enthalten? Quasi als ganz spezielles Gesamtpaket?

»Ich habe einen Freund«, sage ich in der Hoffnung, die Unterhaltung damit zu beenden.

»In Paris?«

»In Chicago.«

»Also haben Sie keinen Freund in Paris.«

Wow. Das nenne ich mal direkt. Und vor allem sehr plump. Ich hasse solche Situationen und möchte ihr auch jetzt schnellstmöglich entkommen. Damit ich sie dann vergessen kann. Als ich endlich meinen Schlüssel in der Hand halte, komplimentiere ich ihn freundlich – aber bestimmt – zur Tür hinaus.

Soll er sein »Wohnung-und-mehr-Paket« doch jemand anderem andrehen.

Erste Begegnung
mit den neuen Kollegen

Savoir. So heißt die französische Luxuswerbeagentur, die mein Unternehmen, die Gilbert Group in Chicago, aufgekauft hat. Deshalb bin ich hier. Ich soll ihre Social-Media-Strategie etwas aufpolieren. Hoffentlich sind meine Kollegen hier nett. Ich möchte sie nicht belehren, sondern ihnen nur eine neue Sicht auf die Dinge verschaffen, einen neuen Blickwinkel. Und natürlich auch von ihnen lernen. Das wird eine unglaublich bereichernde Erfahrung. Ich bekomme schon Gänsehaut, wenn ich nur daran denke.

Die Agentur liegt nur wenige Straßen von meinem *chambre de bonne* entfernt. Auf dem kurzen Weg bestaune ich die alten Gebäude, die Boutiquen, die Boulevards. Ich fühle mich schon richtig wohl in Paris, als hätte ich nie woanders gelebt.

Nicole Kidman wäre stolz auf mich.

Mit einem hoffnungsfrohen Lächeln betrete ich

die Agentur. Es wird schon werden. So anders als die Amerikaner können die Leute hier ja gar nicht sein. Oder? Man darf schließlich nicht alles glauben, was so erzählt wird. Ich bin jetzt seit zwei Stunden im Land und noch keinem ungewaschenen Franzosen begegnet.

Was soll schon schiefgehen?

Ich stehe also am Empfang, und ein Typ kommt herein. Er sieht mich pikiert an, als wäre ich ein Insekt oder so. Aber, kein Problem. Ich wende meine LED-Technik an: Lächeln, Enthusiasmus, Dynamik. Der Schlüssel zum Erfolg! Arbeit gehört natürlich auch dazu. Viel Arbeit. Ohne Schweiß kein Preis. Rein bildlich gesprochen.

»Hi. Hallo!«, sage ich fröhlich. »*Bonjour.* Ich bin Emily Cooper von der Gilbert Group in Chicago.«

Der Typ sagt irgendwas auf Französisch, er kann wohl kein Englisch. Zum Glück spricht mein Handy aber perfekt Französisch. Und so verkündet der freundliche Sprecher meiner App, dass ich von nun an hier arbeiten werde.

Das löst bei dem Typen eine seltsame Reaktion aus. Er wirkt erschrocken. Oder bestürzt? Mein Kommen war doch angekündigt. Vielleicht weiß er nichts davon? Er geht zum Telefon am Empfangstresen.

»*La fille américaine est là*«, teilt er der Person am anderen Ende mit. Irgendwas mit »amerikanisch«? Er wusste doch Bescheid. Kurz darauf taucht eine Frau auf. Sie trägt einen eleganten schwarzen Jumpsuit. Leider verstehe ich kein Wort von dem, was sie sagt. Nach »*Bonjour*« bin ich raus. Aber sie heißt wohl Sylvie.

»Ich spreche leider kein Französisch«, gebe ich zu.

Das entlockt ihr nur ein missbilligendes »Ah!«. Aber ich werde diesen miesen ersten Eindruck schnell vergessen machen. Mit LED – dem Schlüssel zum Erfolg!

Sylvie führt mich durch beeindruckende Büroräume und hakt nach:

»Ich dachte, es kommt jemand, der Französisch spricht.«

»Nein, das ist Madeline, meine Chefin. Ich bin Emily. Emily Cooper. Und ich freue mich wahnsinnig, hier zu sein.«

»Das ist aber ziemlich ärgerlich«, sagt sie, als wir ihr Büro erreichen.

Wie? Was ist ärgerlich? Dass ich mich freue, hier zu sein? Soll ich lieber eine Trauermiene aufsetzen, so wie sie? Vielleicht ist das eine französische Tradition? Bei der Arbeit wird nicht gelächelt. Gut, merke ich mir. Aber umsetzen kann ich es persönlich nicht. LED *forever*!

»Entschuldigen Sie, was ist ärgerlich?«, frage ich also.

»Dass Sie kein Französisch sprechen. Das ist ein Problem.«

»Ich weiß. Aber ich werde Unterricht nehmen. Und *je parle* schon *un peu français*.«

»Lassen Sie das lieber bleiben.«

Was soll das denn nun heißen?

Sylvie stellt mir Paul Brossard vor, den Gründer von Savoir. Ich reiche ihm die Hand. Er küsst mich auf die Wangen. Einmal rechts, einmal links. Von dieser französischen Eigenart habe ich schon gehört. Wie komisch, sich unter Kollegen zu küssen. Wir kennen uns ja nicht mal eine Minute! Aber egal, immerhin trägt er keine Trauermiene zur Schau. Er scheint sogar froh zu sein, mich zu sehen. Was für eine Erleichterung!

Er heißt mich sogar mit einem »Bienvenue à Paris!« willkommen und spricht ansonsten fließend Englisch.

»Sie wollen uns also ein paar amerikanische Tricks beibringen?«

»Wir können sicher viel voneinander lernen.«

»Aber haben Sie denn Erfahrung im Luxusmarketing?«

»Nein, bisher habe ich vor allem pharmazeutische Produkte und geriatrische Einrichtungen beworben«, erkläre ich.

Aber das ist doch das Gleiche, oder? Wenn ich Arthrosemedikamente und Rollatoren verkaufen kann, schaffe ich das ja wohl locker mit Parfüm und Designerklamotten. Paul erzählt von einem Urlaub in Chicago, wo er Deep Dish Pizza probiert hat, unsere Spezialität. Unglaublich lecker!

Dann sagt er: »Es war wirklich *dégueulasse*. Wie heißt das noch?«

Keine Ahnung, was er sagen will. Aber Sylvie hilft uns beiden auf die Sprünge:

»Widerlich.«

Aha. Na, vielen Dank.

Die beiden reden über dies und das. Ein Leben ohne Genuss sei ein Leben *de merde*. »Merde« verstehe ich immerhin. Sie sagen, dass alle Marken, die sie vertreten, sich durch Schönheit und Raffinesse auszeichnen. Und daher wüssten sie nicht, was sie von mir lernen könnten.

Wie wär's mit Bescheidenheit, fürs Erste?

Aber ich halte lieber den Mund. Wenn ich mich hier integrieren möchte, darf ich nicht zu viel Kritik äußern.

Ich muss mich einfach offen und unvoreingenommen zeigen. Genau.

Offen für alles.

Und auf keinen Fall empfindlich.

Mein erstes Meeting

Kurz darauf habe ich schon mein erstes Meeting. Am Tisch im Konferenzraum sitzen Sylvie, Paul, Julien – der Typ vom Empfang – und zwei weitere Personen: ein Typ mit blonden Locken und eine streng dreinblickende Frau, die eine stylische Brille trägt, bestimmt von Chanel oder Dior. Ich setze ein gewinnendes Lächeln auf – LED, was sonst? – und beginne.

»Als Erstes möchte ich mich dafür entschuldigen, dass ich kein Französisch spreche. Ich werde Sprachunterricht nehmen, aber bitte geben Sie mir etwas Zeit.«

Ohne ein Wort steht die bebrillte Frau auf und geht.

Habe ich etwas Falsches gesagt?

»Patricia hat eine Englisch-Allergie«, erklärt Sylvie.

Von so einer Allergie habe ich noch nie gehört, aber ich lasse mich nicht aus dem Konzept bringen.

»Für alle, die mich zum ersten Mal sehen, ich bin Emily Cooper! Und ich freue mich wahnsinnig, jetzt in Paris zu arbeiten! Ich freue mich darauf, jeden Einzelnen von Ihnen kennenzulernen und im Gegenzug von Ihnen kennengelernt zu werden!«

Der Typ mit den Locken hebt die Hand. Wunderbar, er möchte etwas sagen. Wusste ich doch, dass meine beschwingte Rede nicht ohne Wirkung bleibt.

»Wie ist Ihr Name, *Monsieur*?«, frage ich.

»Ich heiße Luc. Warum schreien Sie denn so?«

Ich schreie doch gar nicht. Haben die Franzosen etwa empfindliche Ohren? Ist das eine genetische Besonderheit?

Aber gut, merke: Immer sprechen, als wäre man auf einer Trauerfeier.

Nach dieser kurzen Unterbrechung stelle ich mein Social-Media-Konzept vor. Dabei geht es nicht nur darum, so viele Follower wie möglich zu gewinnen, sondern auch darum, ihnen interessanten Content zu liefern, Vertrauen aufzubauen und Engagement zu zeigen. Am Ende meines kleinen Vortrags frage ich: »Wer ist hier für die sozialen Medien zuständig?«

Julien zeigt zur Tür und sagt …

»Patricia.«

Na klar, wer sonst.

Das kann ja heiter werden.

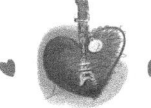

Ein Nachbar zum Anbeißen

Mein erster Tag ist nicht ganz so gelaufen, wie ich mir das vorgestellt hatte. Und außerdem vermisse ich Doug. Also, klar, wir sehen uns per Videochat. Aber das ist nicht das Gleiche. Ich gehe nach Hause, seelisch am Boden, trotz der tollen Kulisse. Ich glaube, meine Kollegen mögen mich nicht. Oder sie haben Vorurteile. Das ist der Witz an der Sache: Ich dachte, ich müsste mit meinen Vorurteilen aufräumen, und bin gar nicht auf die Idee gekommen, dass die anderen auch welche haben.

Und jetzt muss ich auch noch die sechs Etagen rauf. Mir tun schon die Waden weh, wenn ich nur daran denke.

Aber immerhin kann ich mir so das Fitnessstudio sparen. Nach einem Jahr mit dieser Treppe habe ich Beine aus Stahl!

Endlich stehe ich vor meiner Tür. Aber der Schlüssel will einfach nicht ins Schloss passen. Ich könnte durchdrehen! Was soll das jetzt? Ist es eine Verschwörung? Wer hat es darauf angelegt, meinen Paris-Traum zu zerstören?

Ich weiß! Es war der Vermieter. Er hat das Schloss austauschen lassen. Er hat mir übel genommen, dass ich nicht auf sein »Wohnung-und-mehr«-Angebot eingegangen bin, und will sich jetzt rächen. Wenn das stimmt, dann gehe ich vor Gericht! In Chicago kenne ich einen sehr guten Anwalt. Mit seiner Hilfe hat meine Tante Lily 150 000 Dollar Schmerzensgeld bekommen, weil sie in einem Supermarkt auf einem Salatblatt ausgerutscht war. Dabei hatte sie sich nur leicht den Knöchel verstaucht.

»Das kann doch nicht wahr sein!«, rufe ich verzweifelt, weil das dumme Schloss sich nicht öffnen lässt.

Da geht plötzlich die Tür auf, und vor mir steht ein dunkelhaariger Typ. Er sieht nicht schlecht aus … Aber was hat er in meiner Wohnung zu suchen? Ah, nee, klar. Es ist gar nicht meine Wohnung.

»Sorry«, stammele ich. »Ich dachte, es sei meine Wohnung, im fünften Stock …?«

»Das hier ist der vierte.«

Oh my God, dieses Lächeln! Und die Haare! Und die Augen! Oh, Mann. Ich starre ihn an. Er sieht einfach zum Anbeißen aus. Und dann kann er auch noch Englisch.

»Ach ja. Stimmt«, antworte ich lahm. »Ich bin Emily. Emily Cooper. Die neue Nachbarin.«

»Amerikanerin?«

Wie kommt er denn darauf?

»Ja, ich komme aus Chicago.«

»Gabriel. Franzose. Ich komme aus der Normandie.«

Ah, Normandie, das sagt mir was. Die Landung der Alliierten im Juni 1944. Der D-Day. Gabriel scheint meinen Ausführungen nicht folgen zu können. Na ja, egal. Wir wünschen uns eine gute Nacht. Und er schenkt mir ein Lächeln.

Das erste herzliche Lächeln seit meiner Ankunft in Paris.

Ekstatisch um acht

Am nächsten Morgen erlebe ich die totale Ekstase. Den reinsten Orgasmus. Nicht mit Doug, nein. Auch nicht im Traum mit Gabriel, dem SSN. So nenne ich meinen supersexy Nachbarn insgeheim.

Nein, mit einem Schokocroissant aus der Bäckerei um die Ecke. Einem *pain au chocolat.*

Oh. My. God. Wie soll ich dieses Gefühl beschreiben? Erst kommt das Knusprige. Dann das Butterweiche. Der Blätterteig zergeht auf der Zunge und löst eine Geschmacksexplosion aus. Und dann … dann kommt die Schokolade. Unglaublich cremig.

Und dann bist du im Himmel. Im kulinarischen Himmel voller Geigen.

Ich habe noch nie etwas so Leckeres gegessen.

Noch nie in meinem ganzen Leben!

Diesen Moment werde ich nie vergessen: das erste Mal, dass ich in ein Schokocroissant gebissen habe, in Paris.

Eine Offenbarung.

Depri um elf

Nach der Croissant-Offenbarung stehe ich mir nun schon seit zwei Stunden vor der Tür zum Büro die Beine in den Bauch. Endlich kommt jemand. Und ich erfahre etwas völlig Irres: Die fangen hier erst um zehn Uhr dreißig an.

Zehn. Uhr. Dreißig. Halb elf.

Warum nicht gleich nachmittags? Warum machen wir überhaupt auf? Wir könnten doch auch gleich zu Hause bleiben.

Unglaublich.

Und selbst jetzt kann ich noch nicht anfangen zu arbeiten. Ich hasse es, Zeit zu verlieren. Das macht mich krank. Wenn man erfolgreich sein will, muss man jede Gelegenheit beim Schopf packen und sofort loslegen.

Hier aber scheinen die Leute eher langsam heran-zuschweben, anstatt sich in die Arbeit zu stürzen. Es ist elf Uhr fünfzehn, und Sylvie ist gerade erst gekom-men.

Ich mache mir ein paar Notizen und gehe dann damit zu Patricia. Wir hatten zwar keinen gelungenen Start, aber das lässt sich sicher wieder einrenken.

»Hi, Patricia! Ich möchte Ihnen gern meine Ideen für die Social-Media-Strategie vorstellen. Das Potenzial ist enorm. Ich bin begeistert.«

Sie schaut sich um, blickt nach links und rechts, wirkt geradezu panisch. Wo ist das Problem? So Furcht einflößend bin ich ja nun wirklich nicht. Ach ja, die Englisch-Allergie. Die hatte ich ganz vergessen.

Also nutze ich wieder meine Übersetzungsapp. Diesmal mit weiblicher Sprecherin.

»Nein, nein«, wehrt Patricia ab.

Und dann rennt sie davon, als wäre der Teufel hinter ihr her.

Vielleicht hätte ich ihr ein Kompliment zu ihrer Brille machen sollen?

Verbittert um zwölf

Ich muss mich wohl ein bisschen um den Kontakt zu meinen Kollegen bemühen. Schließlich wurde ich ihnen recht unvermittelt vor die Nase gesetzt. Kein Wunder, dass sie misstrauisch sind. Was wäre da besser als ein Mittagessen, um das Eis zu brechen? In allen französischen Filmen sitzen die Leute in Paris mittags auf den Terrassen und essen, reden, lachen, und zwar stundenlang. Das sieht immer so entspannt aus. Gut, ich habe nicht vor, mehrere Stunden mit Essen zu verplempern, ich habe ja heute Morgen schon genug Zeit verloren. Aber vielleicht ... sagen wir ... zwanzig Minuten?

Patricia frage ich lieber gar nicht erst. Nicht dass sie noch aus dem Fenster springt, wenn sie mich kommen sieht. Sie scheint richtig Angst vor mir zu haben.

Stattdessen frage ich Sylvie, ob sie mit mir zu Mittag essen möchte.

»Nein, danke. Ich rauche eine«, antwortet sie.

Seit wann ersetzt eine Zigarette denn bitte eine

Mahlzeit? Nun versuche ich mein Glück bei Luc. Der behauptet, er habe Bauchschmerzen. Und Julien hat angeblich heute Mittag schon etwas anderes vor.

Okay, Botschaft angekommen.

Ich kann nichts dagegen tun, dass leichte Verbitterung in mir aufsteigt. Mir war klar, dass sie mir hier nicht den roten Teppich ausrollen würden. Ich bin ja nicht naiv. Aber müssen sie mich gleich wie eine Aussätzige behandeln?

Zum Trost besorge ich mir ein wunderbar knuspriges Baguette und einen Käse, den ich vor allem auswähle, weil er einen hübschen Namen hat. Und weil er nicht allzu stinkig aussieht. ›Lebe wild und gefährlich‹, ja. Aber alles hat seine Grenzen.

Mal sehen, ob mich dieses Baguette in dieselbe Ekstase versetzt wie das Schokocroissant heute Morgen. Als ich es gerade aus der Tüte ziehe, kommen zwei Kinder vorbeigerannt, rempeln mich an, und das schöne Baguette landet im Dreck.

»Laurent! Sybille!«, ruft die Frau, die ihnen hinterherläuft.

Sie hebt mein Brot auf, reicht es mir und sagt irgendetwas auf Französisch. Ich verstehe mal wieder kein Wort.

Aber sie hat offenbar sofort erkannt, dass ich Amerikanerin bin. Sie erzählt mir, dass sie in Indianapolis studiert hat und jetzt die Nanny der beiden Kinder ist. Sie ist supernett und setzt sich zu mir, während die Kinder ein Stück weiter mit einem bunten Band spielen.

»Ich bringe ihnen Mandarin bei«, erklärt sie mir.

»Und bist du schon lange hier?«

»Seit bald einem Jahr. Ich komme aus Shanghai, aber meine Mutter ist Koreanerin. Das ist eine sehr lange und sehr langweilige Geschichte.«

»Und gefällt dir Paris?«

»Ja, klar gefällt mir Paris! Ich liebe das Essen, alles ist so köstlich! Außerdem ist Paris die Hauptstadt der Mode und der Eleganz. Und die Lichter nachts sind einfach magisch! Aber ich mag die Pariser nicht. Die sind alle gemein.«

»Die können ja nicht *alle* gemein sein.«

»Oh, doch. Glaub mir. Franzosen sind gemein, und sie sind stolz drauf.«

Je länger wir uns unterhalten, desto sympathischer und herzlicher finde ich die Frau. Und dann gibt sie mir ihre Telefonnummer. Sie heißt Mindy. Ich hoffe, wir sehen uns bald wieder.

Fern von Doug und all meinen Freunden fühle ich mich ziemlich einsam hier. Und manche Dinge kann eben auch das beste Schokocroissant der Welt nicht ersetzen.

Wütend um drei

Als ich nach der Mittagspause zur Agentur zurückgehe, wen sehe ich da auf einer Terrasse sitzen? Sylvie, Julien, Paul und Luc. Sie lassen es sich schmecken und haben Spaß zusammen. Aber das ist noch nicht alles. Als sie ins Büro zurückkommen – viel, viel später – verpassen sie mir einen neuen Spitznamen. *La Plouc.*

Das Wort habe ich noch nie gehört. Julien behauptet, es sei ein netter Kosename, so was wie »mon petit chou«, »Schätzchen«. Ich glaube ihm kein Wort und suche schnell im Internet danach. Und ja, von wegen »nett«. »Plouc« bedeutet »Trampel« oder »Landei«!

Neuer Tag, neues Glück

Wie es sich für ein ordentliches Landei gehört, stehe ich früh auf und gehe joggen. Dabei bewundere ich die Stadt, und mir wird wieder bewusst, warum ich am Anfang so glücklich war, hier zu sein. Denn nach nur zwei Tagen mit meinen unausstehlichen Kollegen bin ich schon etwas ins Zweifeln geraten. Werden sie sich weiterhin so verhalten? Oder ist das nur eine Art Härtetest, um zu sehen, ob die kleine Amerikanerin noch was anderes draufhat, als Burger und Pizza zu futtern?

Wenn das der Fall ist, dann hören sie ja wohl irgendwann auf.

Hoffnung ist des Landeis Lebenselixier.

Als ich nach dem Joggen nach Hause will, um vor der Arbeit kurz zu duschen, irre ich mich schon wieder in der Etage und versuche, Gabriels Tür zu öffnen. Dann steht er plötzlich vor mir, genauso gut aussehend und knackig wie beim ersten Mal. Wenn nicht sogar noch besser. Das liegt bestimmt an der Morgensonne, die in seinen Augen funkelt. Wer hat diesem Typen erlaubt, so unglaublich sexy zu sein?

»Ist das ein Trick, um mir meine Wohnung zu klauen?«, scherzt er, und sowohl sein Lächeln als auch seine Stimme sind dabei unwiderstehlich.

»Du musst zugeben, dass die Nummerierung der Etagen hier echt unlogisch ist«, verteidige ich mich.

Aber in Wahrheit schäme ich mich in Grund und Boden. Er muss glauben, ich würde ihn anbaggern. Und langsam frage ich mich selbst, ob mich mein Unterbewusstsein absichtlich ständig in die falsche Etage führt.

Gabriel mustert mich von oben bis unten.

»Du bist sehr feucht.«

»Oh.« Wie meint er das denn jetzt? Äh ... »Ich bin gerade fünf Meilen gejoggt. Keine Ahnung, wie viel das in Kilometern ist.«

»Willst du ein Glas Wasser? Der Weg in den Fünften ist noch weit.«

»Nein, danke. Ich muss zur Arbeit. Aber ich knalle nicht mehr an deine Tür, versprochen.«

»Knallen? Kein Problem. Knall bei mir rein, so oft du willst.«

Oh Mann, er sieht nicht nur gut aus, sondern hat auch noch Humor.

Wenn ich Mindy das nächste Mal sehe, sage ich ihr, dass nicht alle Pariser gemein sind. Manche von ihnen bringen einen sogar zum Lachen und machen einen ganz nervös.

Okay, ich sollte lieber schnell duschen, um wieder einen klaren Kopf zu bekommen.

Stronger!

Auf dem Weg zum Büro fasse ich einen Entschluss: *Bye bye*, liebe kleine Emily, die sich ständig von allen herumschubsen lässt. *Hello*, Emily, die Löwin! Ja, ich bin Amerikanerin. Ja, ich mag Deep Dish Pizza und ich finde, dass Camembert stinkt. Und ja, ich sehe vielleicht anders aus als die anderen hier. Na und? Ich werde dieser eingebildeten Bande schon zeigen, aus welchem Holz ich geschnitzt bin!

Als ich reinkomme, begrüßt Julien mich wieder mit »la Plouc«. Kein Problem, ich bin vorbereitet. Ich lasse meine App »Du kannst mich mal« übersetzen:

»*Va te faire foutre!*«

Ich mag diesen Satz, den muss ich mir merken. Auf Französisch hat er so richtig Wumms.

Julien ist erst verdutzt, dann sagt er:

»So langsam mag ich dich!«

Merke: Wenn du dich bei deinen französischen Kollegen beliebt machen willst, beleidige sie.

Als Nächstes schaue ich kurz bei Sylvie vorbei.

»Französisch ist eine seltsame Sprache«, sage ich. »Warum heißt es ›la‹ plouc und nicht ›le‹ plouc?«

»Das kommt ganz drauf an, wen Sie meinen«, antwortet sie in ihrem üblichen schroffen Ton.

»Gut, ich weiß, dass niemand froh über meine Anwesenheit hier ist und dass mein Französisch noch zu wünschen übrig lässt. Aber ich habe einige Ideen zur Vermarktung des neuen Parfüms ›De L'Heure‹ von Maison Lavaux. Die würde ich gern mit Ihnen besprechen.«

Statt einer Antwort lässt Sylvie mich zig Mal den Namen »De l'Heure« wiederholen, weil ich es anscheinend falsch ausspreche. Das ist aber auch ein komisches Wort. »Dölör«. So viele Buchstaben für so wenig Laute. Und dann dieses »R«, das eher wie »CH« klingt. Nach dem gefühlt hundertsten Versuch tut mir der Hals weh. Ah! Vielleicht trinken die Franzosen deshalb so viel Wein, damit sie mit ihrer verrückten Sprache klarkommen.

Aber es ist ja auch ganz egal, wie das Parfüm heißt, mir sind an der geplanten Werbekampagne einige Schwächen aufgefallen. Das lasse ich Sylvie nun wissen. Vielleicht kann ich »Dölööörch« nicht richtig aussprechen, aber in meinem Job bin ich gut. Und das will ich nun endlich unter Beweis stellen.

»Die Präsenz in den sozialen Medien ist zu schwach. Die Markteinführung steht kurz bevor, und Sie schließen mich aus.«

»Gut erkannt. Der Launch ist heute Abend.«

Ich traue meine Ohren nicht. Heute Abend?

»Und wann wollten Sie mir das sagen?«

»Hören Sie, mir gefällt Ihr Ansatz nicht. Sie wollen alles in der Öffentlichkeit breittreten. Alles soll für jeden zugänglich sein. Sie wollen Türen öffnen, ich will Türen schließen. Unsere Kunden stehen für Prestige. Und Prestige steht für Mysterium. Sie haben nichts Geheimnisvolles an sich. Sie sind sehr, sehr gewöhnlich.«

Tief durchatmen. Ich bin Emily, die Löwin, Meisterin des LED. Nichts kann mir etwas anhaben.

Ganz ruhig lege ich meine Argumente dar.

»Das mag ja alles sein. Aber ich weiß genau, wie es ist, draußen vor dem Schaufenster zu stehen. Diese Perspektive werden Sie nie verstehen. Denn ich bin nicht kultiviert. Im Gegensatz zu Ihnen habe ich nicht dieses gewisse Etwas, das einen so lässig und zugleich sexy erscheinen lässt. Aber ich bin die Kundin, die genau das will. Sie nicht, denn Sie haben es ja bereits, ohne es überhaupt zu wissen.«

Sylvie seufzt resigniert.

»Sie wollen also zu der Launchparty kommen?«

»*Bien sûr!*«

»Gut, seien Sie um acht Uhr da.«

Ich lächele.

»Gibt es einen Dresscode?«

»Tragen Sie alles, nur nicht das da«, antwortet sie und zeigt dabei auf meine bunten Klamotten.

Ich betrachte Sylvies elegantes schwarzes Kleid und weiß genau, was ich heute Abend anziehen werde. Ich muss sein wie sie.

Eine echte Pariserin!

Party mit Eiffelturm-Blick

Ich habe ein schwarzes Kleid gewählt, das aus einem Bustieroberteil und einem knielangen Tüllrock besteht. Dazu trage ich einen breiten Gürtel, der meine Taille betont. Für etwas Farbe und den modernen Touch sorgt meine Handtasche, die ein Frauengesicht mit großer Sonnenbrille ziert.

So gekleidet fühle ich mich wie eine echte Pariserin! Sogar das französische »R« scheint mir nun fast wie von selbst über die Lippen zu gehen.

Der Saal, in dem die Launchveranstaltung für »De l'Heure« stattfindet, ist prächtig, und von der Terrasse aus sieht man den erleuchteten Eiffelturm. Ich fühle mich wie im Paradies. Ein Kellner kommt mit einem Tablett appetitlicher *Petits Fours* vorbei. Ich stürze mich buchstäblich darauf. An das Schokocroissant aus der Bäckerei kommen sie nicht heran – dieser Genuss bleibt unerreicht. Aber die Lachshäppchen sind nichtsdestotrotz eine Delikatesse.

Das einzige Problem: Sie sind zu klein, eben echt

petit. Wenn man eins gegessen hat, will man sofort das nächste, und das nächste …

Sylvie kommt auf mich zu. Sie sieht umwerfend aus in ihrem engen schwarzen Kleid mit Tüll-Ausschnitt. Es ist, als hätten wir uns kleidermäßig abgestimmt. Das muss ein Zeichen sein. Vielleicht werden wir heute Abend ja endlich Freundinnen.

»Ah, da sind Sie«, sagt sie anstelle einer Begrüßung. »Hören Sie auf zu essen. Warum essen Sie?«

»Oh, Verzeihung. Es ist einfach so lecker. Und ich habe Hunger.«

»Na, dann rauchen Sie eine!«

Kurz darauf taucht Paul auf, in Begleitung eines mir unbekannten Paares.

»Emily ist gerade frisch aus den USA eingetroffen«, erklärt er den beiden.

»Oh. Antoine Lambert«, stellt sich der Unbekannte vor. »Und das ist meine Gattin Catherine.«

»Antoine ist der Chef von Maison Lavaux und eine der größten Nasen Frankreichs.«

Äh, was hat Paul da gesagt? Antoines Nase ist doch total in Ordnung. Ich kann keinen Makel an ihr finden. Außerdem kritisiert man doch nicht öffentlich das Aussehen anderer Leute! Erst recht nicht von einem Kunden.

Also wende ich mich an Antoine: »Ich finde sie gar nicht so groß, und sie ist absolut symmetrisch.«

Das löst allgemeines Gelächter aus. Was denn?

»Er meinte nicht die Nase in meinem Gesicht«, erklärt Antoine belustigt. »›Nase‹ ist der Fachbegriff für einen Parfümeur. Das ist der, der die Düfte komponiert.«

Aaah. Ach sooo.

Zum Glück vertiefen wir das Thema nicht weiter. Antoine fragt mich stattdessen, was mich nach Paris verschlagen hat. Also erkläre ich ihm meine Social-Media-Strategie und erzähle von meinem Erfolg im letzten Jahr, als ich einen Impfstoff vermarktet habe. Davon, wie wir das Netz mit Content angereichert haben und wie wir außerdem alles nachverfolgen können: Wer was wann wo und wie lange verwendet.

Zugegeben, ich bin recht stolz auf meine Schnell-präsentation. Aber dann fragt Catherine plötzlich:

»Und wozu das alles?«

Betretenes Schweigen. Paul führt das Paar zu anderen Gästen.

»Sind Sie verrückt?«, ereifert sich Sylvie. »Man spricht bei einem Produktlaunch doch nicht über die Arbeit!«

»Aber er hat danach gefragt.«

»Dann wechseln Sie geschickt das Thema! Das hier ist eine Party, keine Videokonferenz.«

Dann seufzt sie und lässt mich stehen.

Merke: Ein Kleines Schwarzes macht noch lange keine Pariserin.

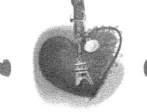

Die Rache des Zäpfchens

Am nächsten Morgen gehe ich leichten Herzens ins Büro. Nach den kleinen Startschwierigkeiten ist die gestrige Party doch noch richtig gut verlaufen. Antoine hat sich mit mir unterhalten. Er hat mir Parfüm aufgesprüht und dann an meinem Handgelenk gerochen.

Dann hat er ganz nebenbei gefragt, ob ich auf Frauen oder auf Männer stehe. Und schließlich meinte er, er wüsste, wo man Fremdsprachen am besten lernt: im Bett!

Und dann hat er wieder an mir geschnuppert. Diesmal an meinem Hals.

Laut ihm riecht sein Duft nach »teurem Sex«. Darauf antwortete ich: »Besser als nach einem billigen Date.« Ich glaube, das hat ihn amüsiert. Zum Schluss hat er mir seine Karte gegeben und gesagt, er würde sich auf die Zusammenarbeit mit mir freuen. Ich werde darauf achten, dass es bei Zusammen*arbeit* bleibt. Um mein Französisch zu verbessern, setze ich doch lieber auf den Sprachkurs als auf Bettgymnastik.

Heute begrüßt mich Julien mit meinem Namen und nennt mich nicht mehr »la plouc«. Es scheint alles ins Lot zu kommen.

Kaum sitze ich an meinem Schreibtisch, kommt Paul zu mir. Und er strahlt.

»Die Launchparty war ein großer Erfolg. Sie haben Antoine sehr beeindruckt. Er möchte unbedingt, dass Sie an der Kampagne arbeiten.«

»Das ist ja großartig. Ich hatte befürchtet, ich wäre vielleicht etwas zu überschwänglich gewesen.«

Dann erscheint Sylvie in der Tür. Sie trägt mal wieder ein schwarzes Kleid.

»Es wäre wunderbar, wenn Emily uns bei der Kampagne unterstützen könnte, aber wir haben ja schon darüber gesprochen: Sie muss an Vaga-Jeune arbeiten.«

»Was ist Vaga-Jeune?«, frage ich.

»Das ist eine Kapsel, die es reiferen Frauen erleichtert, sich sexuell auszuleben«, erklärt Paul.

»Wie bitte?«

Wovon spricht er? Die Frauen schlucken dieses Ding, und es katapultiert sie ins Nirvana? Sehr innovativ. Das könnte auch für jüngere Frauen interessant sein – oder für solche, die Tausende Kilometer von ihrem Freund entfernt sind. Denn der Cybersex mit

Doug ist so … lala. Wenn ich mich gerade bereitgemacht habe, ist er schon fertig. In zehn Sekunden. Ich habe mitgezählt.

»Es ist ein Zäpfchen, das die vaginale Befeuchtung bei Frauen in der Menopause fördert«, ergänzt Sylvie.

»Ab einem gewissen Alter leiden manche Frauen an Trockenheit«, erläutert Paul dann noch.

Ah, okay. Verstanden. Vom Luxusparfüm wurde ich gerade zum Scheidenzäpfchen abgeschoben. Ein sehr wichtiges und nützliches Produkt – laut Paul.

»Sie haben doch so viel Erfahrung mit Pharmazeutika. Da passt das perfekt«, behauptet Sylvie süffisant.

»Bien sûr.«

Was soll ich schon anderes sagen? Ich habe keine Wahl. Die Botschaft ist eindeutig: Ich muss mich erst bewähren. Also werde ich mich mit Hingabe den menopausierten Vaginen widmen. Äh, mit professioneller Hingabe. Bisher fällt mir dazu wenig ein. Aber vielleicht kann Sylvie mir ein paar Tipps geben? Sie kennt sich da ja sicher aus. Sie könnte dieses Zäpfchen sogar testen! Es ist doch allgemein bekannt: Ausprobieren ist der beste Weg, um ein Produkt erfolgreich zu bewerben.

Ich notiere mir, dass ich sie später zu ihren Erfahrungen befragen möchte. Bei einem Gespräch über Scheidentrockenheit kommt frau sich bestimmt näher.

Paul geht, doch Sylvie dreht sich noch einmal zu mir um.

»Wissen Sie, ich finde, Sie sind Antoine gestern etwas zu nahegekommen.«

»Was? Nein!«

»Er war doch sehr um Sie bemüht. Finden Sie ihn attraktiv?«

Auf seine Art hat er Charme und Klasse, das muss ich zugeben. Ja, er ist attraktiv. Und das »Ja« rutscht mir auch spontan heraus. Ups.

»Ich meine nein! Er ist verheiratet. Ich habe seine Frau sogar kennengelernt.«

»Also finden Sie ihn attraktiv«, beharrt Sylvie.

»Er ist ein Kunde. Und, noch einmal, er ist verheiratet.«

»*Exactement*. Und zufällig ist seine Frau eine sehr gute Freundin von mir. Ich lasse Ihnen das Vaga-Jeune-Material zukommen.«

Hm, das klang wie eine Drohung: Wehe, du kommst der großen Nase von Antoine Lambert zu nahe. Okay, ich habe verstanden. Klar und deutlich.

Als Sylvie weg ist, kommt Julien an meinen Tisch.

»Du solltest da noch eine Kleinigkeit wissen. Also, Sylvie ist Antoines Geliebte. *Voilà.*«

Oh my God! Was?

Sie wollte mich also vom Ehemann ihrer besten Freundin fernhalten, aber nicht aus Loyalität zu *ihr*, sondern weil *sie* eine Affäre mit ihm hat?

Sie ist eifersüchtig. Deshalb hat sie sich an mir gerächt. Mit einem Scheidenzäpfchen.

Der Coup ist ihr gelungen!

Der Koch ist König

Ich muss jetzt endlich mal wieder ein freundliches Gesicht sehen und einfach nett mit jemandem plaudern, vielleicht sogar lachen, falls ich überhaupt noch weiß, wie das geht. Für einen Abend Sylvie und ihr blödes Vaga-Jeune vergessen. Wer wäre da besser geeignet als Mindy? Beziehungsweise sollte ich wohl sagen: Wen sollte ich da fragen, außer Mindy? Ich kenne hier ja sonst niemanden. Zum Glück nimmt sie meine Einladung zum Abendessen an. Wir treffen uns bei mir in der Nähe. Auf dem Weg zum Restaurant erzähle ich ihr von dem ganzen Desaster. Antoine, der flirtende Parfümeur, den ich mir freundlich vom Leib halten musste. Sylvie, die ihre beste Freundin betrügt und mir gegenüber den Moralapostel gibt. Also ehrlich, das ist doch bescheuert!

»Man flirtet vor seiner Geliebten nie mit einer anderen Frau«, sagt Mindy. »Das ist fast schlimmer, als wenn man es vor der Ehefrau tut.«

»Sie waren beide da, um genau zu sein. Meinst

du, Antoines Frau weiß, dass er sie mit Sylvie betrügt?«

»Ja, ganz sicher sogar! Wahrscheinlich ist das für sie okay.«

What? Mindy erklärt noch, dass Antoines Frau bestimmt selbst einen Lover hat und dass die beiden eine offene Beziehung führen. Ich glaube, mein Kopf platzt gleich. Schnell ein Glas französischen Wein zur Ablenkung! Das Restaurant ist bei mir um die Ecke, es wirkt sehr charmant. Sobald wir am Tisch sitzen, spüre ich, wie ich mich langsam entspanne.

»*Santé!*«

Mindy und ich stoßen an.

»Warum bist du nach Paris gekommen?«, frage ich.

»Wegen eines Wirtschaftsstudiums. Mein Vater hat darauf bestanden. Er ist ein harter Brocken. Der Reißverschlusskönig von China. Er hat die Welt bei den Eiern, buchstäblich.«

Da muss ich lachen. Und Mindy fährt fort:

»Sein Traum ist, dass sein einziges Kind, sprich *moi*, einmal den Familienbetrieb übernimmt.«

»Und was ist dein Traum?«

»Alles, nur das nicht. Schon als ich klein war, wollte ich unbedingt in Paris leben. Also habe ich mich hier an der Uni eingeschrieben und dann dafür gesorgt, dass die mich rauswerfen.«

Unser »pièce de bœuf« wird serviert. Mindy hat das

Gericht ausgesucht, und das Fleisch und die Gratin-beilage sehen köstlich aus. Leider ist mein Steak noch fast roh. Ich verstehe das nicht. Die Steinzeitmen-schen haben doch nicht umsonst das Feuer entdeckt.

Ich rufe den Kellner.

»Entschuldigung, ich wollte mein Steak medium, es ist aber noch blutig.«

Mindy springt mir zum Glück mit einer Überset-zung bei, und der Kellner verschwindet ohne ein Wort mit meinem Teller. Nur um ihn quasi sofort wie-derzubringen.

»Der Koch sagt, das Fleisch sei ideal gebraten.«

Okaaay.

Verstehe ich das richtig? Hier entscheidet der Koch, was den Gästen schmeckt? Blöd für den Koch, da ist er bei mir nämlich an die falsche Adresse geraten. Nach diesem schrecklichen Tag lasse ich mir jetzt nicht auch noch den Abend verderben. Wenn ich mein Steak medium gebraten haben will, dann bekomme ich es auch medium gebraten. Der Kunde ist schließ-lich König, nicht der Koch. Und ich bin Amerikane-rin. Und dieser Küchenheini wird mich jetzt kennen-lernen!

»Vielleicht ist es ideal für ihn, aber nicht für mich.«

»Er rät Ihnen, es einfach mal zu probieren.«

»Und ich rate ihm, es einfach etwas länger zu bra-ten.«

Der Kellner zieht ab. Ich hoffe, er schickt diesen eingebildeten Koch her. Und siehe da, im nächsten Moment kommt er auch schon. Ich traue meinen Augen nicht. Es ist *Super Sexy Nachbar*. Und in seiner weißen Kochjacke ist er gleich noch zehnmal so sexy. Ihm steht aber auch einfach alles.

»Gabriel?«, frage ich.

»Emily«, sagt er.

»Mindy!«, ruft Mindy.

»Gibt es ein Problem?«, fragt Gabriel.

»Nein, nein. Alles in Ordnung. Das Steak ist perfekt.«

So wie er.

Er besteht darauf, dass ich probiere, und bei dem Lächeln kann ich natürlich nicht Nein sagen. Und das Fleisch ist köstlich. So zart! Oh, ja, es ist wunderbar zart. Ich vergehe ... Äh, das Fleisch zergeht auf der Zunge.

Andererseits wäre alles köstlich, was ich im Mund habe, wenn ich dabei Gabriel anschaue.

Eigentlich hasse ich blutiges Fleisch. Aber sein Steak ist wirklich besonders, weil ... weil er es zubereitet hat.

Ein harter Schlag

Der Mädelsabend hat mir gutgetan. Am Sonntag gehe ich auf den Markt. Es sieht alles so lecker und appetitlich aus, dass ich gar nicht weiß, wofür ich mich entscheiden soll. Na gut, manche Gerüche sind etwas, wie soll ich sagen, streng. Von Käse und *Charcuterie* zum Beispiel. Aber ich glaube, mein Näschen gewöhnt sich allmählich daran.

Ob das bedeutet, dass ich mich zur echten Pariserin mausere?

Hoffentlich.

Nach dem Marktbesuch mache ich ein Selfie mit meinem größten Idol auf Erden: meiner Lieblingsbäckerin. Am Anfang hatten wir einige Verständigungsschwierigkeiten, sie hat mich ständig korrigiert, aber inzwischen verstehen wir uns blendend. Ich vergöttere sie, sie ist mein Star. An diesem Morgen fühle ich mich pudelwohl in Paris. Als würde ich hierhergehören. Und das Sahnehäubchen auf dem Kuchen – die Bäckerin lässt grüßen – ist: Doug hat sich eine Woche freigenommen und kommt mich besuchen!

Gerade als ich an ihn denke, ruft er an. Wir sind im Geiste miteinander verbunden.

»Hey!«, begrüße ich ihn fröhlich. »Du bist bestimmt schon am Flughafen?«

»Ich habe mir freigenommen, ich habe meinen Koffer gepackt, und dann habe ich nachgedacht: Was werde ich da drüben den ganzen Tag lang machen?«

Was ist das denn für eine Frage? Er ist dann in Paris. In *Paris*!

»Wie jetzt? Du schaust dir die Stadt an. Es gibt die eine oder andere Sehenswürdigkeit in Paris, weißt du.«

»Ja. Aber ich wäre allein, während du arbeitest.«

»Ach, die Mittagspause ist hier ewig lang. Ganz ehrlich, ich könnte drei Stunden mit dir in den Louvre gehen, und keiner würde mich vermissen.«

Er seufzt. Da ist wohl noch etwas anderes, denn er zögert. Und ich fürchte, dieses »andere« wird mir nicht gefallen.

»Diese große Entfernung ist einfach zu viel«, sagt er schließlich.

»Na, steig einfach ins Flugzeug, und wenn du hier bist, planen wir das alles.«

»Nein, du hast schon alles geplant. Aber ich mag unser Leben in Chicago.«

»Wir reden hier von Paris, Doug!«

Ich weiß Bescheid. Ich weiß genau, wohin dieses Gespräch führen wird. Es ist wie ein Zug in voller Fahrt, den ich nicht mehr aufhalten kann. Ich muss mich entscheiden, zwischen meinem Traum und meinem Freund. Es heißt, wahre Liebe übersteht auch die größte Entfernung. Unsere Beziehung hat gerade mal vier Tage geschafft.

»Also … Heißt das, du willst überhaupt nicht herkommen? Nie?«

»Komm nach Hause.«

»Nach Hause.« Bestimmt er etwa, wo mein Zuhause ist? Pfff!

Ich hatte recht mit meiner Befürchtung. Allerdings ist das auch kein Trost.

»Und wenn nicht?«, frage ich aufgebracht. »Dann ist es vorbei? Ich fass es nicht! Weißt du was? Behalt deine kostbaren Bonusmeilen und flieg damit zu einem deiner geliebten Baseballspiele oder sonst wohin. Und verbring den Rest deines Lebens in Chicago! Denn Paris ist voll von Liebe, Romantik, Licht und Leidenschaft, und Sex! Alles Dinge, für die du offensichtlich keinen Sinn hast.«

»Warte! Hörst du mich? Bist du noch dran? Ich verstehe dich kaum.«

»Wohl eher gar nicht.« Leider.

Beziehung oder Lebenstraum? Ich habe mich entschieden.

Masculin Féminin

Am nächsten Tag scheint sich das Wetter meiner Stimmung angepasst zu haben. Es regnet Bindfäden, und Paris versinkt im Grau. Ich kann immer noch nicht glauben, dass es mit Doug vorbei ist, und bin furchtbar traurig. Und schrecklich enttäuscht. Ich hatte mir vorgestellt, wie wir zusammen Paris erkunden und einzigartige, romantische Momente erleben. Dann hätte er verstanden, warum ich diese Stadt so liebe. Aber tatsächlich hat er nichts verstanden. Überhaupt nichts.

Ich habe mir meinen Traum erfüllt, aber ich wusste nicht, dass der Preis dafür so hoch sein würde.

Und im Büro wartet ein Haufen Vaga-Jeune-Packungen auf mich. Auch nicht gerade tröstlich. Aber wenn mein Liebesleben schon ein Desaster ist, werde ich wenigstens Sylvie zeigen, dass ich ihre Zäpfchen-Challenge mit links meistere! Während ich im Internet nach Inspiration suche, mache ich eine krasse Entdeckung. Das kann doch nicht sein.

Da muss ich sofort bei Sylvie nachfragen.

»Warum ist die Vagina männlich?«

»Wie bitte?«

»Warum heißt es ›le vagine‹ und nicht ›la vagine‹?«

»Ach, Sie meinen wohl ›le vagin‹? Vielleicht, weil es etwas ist, das der Frau gehört und der Mann besitzt.«

Okaaay.

Ich habe es doch gewusst. Französisch ist einfach komplett unlogisch. Und skandalös noch dazu! Hat Sylvie ernsthaft behauptet, die Männer besäßen unsere Weiblichkeit, unsere Intimität, unsere Lust?

So weit kommt's noch. Meine Vagina gehört mir und niemandem sonst!

Schnurstracks poste ich ein Foto von einer Vaga-Jeune-Packung und schreibe dazu:

»Die Vagina ist nicht männlich!«

Also echt.

Ein Tweet genügt

Ich versuche erst gar nicht mehr, mit meinen Kollegen mittagessen zu gehen – auf eine weitere Demütigung kann ich verzichten. Stattdessen treffe ich in meiner Pause Mindy im Park. Sie tröstet mich, meint, ich müsse mich einfach fallen lassen, richtig in die französische Kultur eintauchen, so unlogisch und verwirrend sie auch sein mag. Ich bin wirklich froh, dass ich Mindy kenne – und dass sie meine Freundin ist.

Das Gespräch mit ihr hat mich etwas aufgeheitert. So macht es mir fast gar nichts aus, dass Paul, Sylvie, Julien und Luc mal wieder auf ihrer Lieblingsterrasse sitzen. Ich ignoriere sie einfach. Es dauert ja sicher noch Stunden, bis sie wieder ins Büro kommen, und ich habe zu tun. Vaga-Jeune wartet. Bisher hatte ich noch keine zündende Idee für die Vermarktung dieser ach so nützlichen Zäpfchen. Da ich Sylvie ja schlecht bitten kann, sie mit Antoine zu testen, muss ich wohl meine eigene Fantasie anzapfen.

Als ich fast beim Büro angekommen bin, schreibt Mindy mir:

»Brigitte Macron hat dich retweetet!«

Oh my God! Träume ich?

Ich höre den Straßenlärm, das Hupen, das Schimpfen von Menschen. Die Leute sitzen mit ihren Weingläsern auf den Terrassen, dabei ist es schon fast vierzehn Uhr. Sie unterhalten sich in aller Ruhe, als wären sie im Urlaub. Oh, sieh an, da vorne liegt sogar ein Hundehaufen!

Kein Zweifel: Ich bin wach und immer noch in Paris. Nein, es ist kein Traum.

Die First Lady von Frankreich denkt tatsächlich so wie ich. Sie findet auch, dass das Wort »vagin« nicht männlich sein sollte.

Oh my God!

Was für ein Riesen-PR-Coup! Etwas Besseres hätte man sich gar nicht ausdenken können. Dank dieses unverhofften Retweets werden alle von Vaga-Jeune hören. Ich bin so happy, dass ich das Gefühl habe zu schweben.

Es lebe die Vagina! Es lebe Brigitte! Es lebe mein Glücksstern!

Pauls Stimme reißt mich aus meinem Freudentaumel.

»Emily!«, ruft er und winkt mich an den Tisch auf der Terrasse. »Kommen Sie!«

Ach, jetzt bin ich keine Aussätzige mehr, oder was?

»Sie haben wohl den Post gesehen?«, sage ich und setze mich.

»Emily, Sie haben meinen Abschiedsumtrunk gerade zu einem unvergesslichen Ereignis gemacht«, verkündet Paul.

»Das freut mich sehr.«

»Ja, gut gemacht, Emily«, lobt Sylvie mich widerwillig. Sie muss sich richtig überwinden. »Offenbar beginnt bei Savoir heute ein neues Kapitel.«

Ja, das kann man so sagen. Jetzt, da Paul sich aus dem Geschäftsgeschehen verabschiedet, kann ich den American Touch einbringen und meine Visionen durchsetzen. Man darf schließlich nicht vergessen, dass meine Firma in Chicago die Agentur hier aufgekauft hat. Es ist also nur logisch, dass ich ... ein Wörtchen mitzureden habe.

Also, theoretisch jedenfalls.

Denn wenn ich mir Sylvies gezwungenes Lächeln so ansehe, wird mir klar: Der Kampf ist noch lange nicht gewonnen.

Das Schlimmste ist, dass ich sie eigentlich mag. Oder besser gesagt, ich bewundere sie. Ich wäre auch gern so selbstbewusst und charismatisch wie sie.

Schade, dass sie mich so gar nicht schätzt.

Pissoir, Bidet & Co.

Man ist hier wirklich nie vor Überraschungen sicher. Heute Morgen beim Joggen habe ich etwas Unfassbares entdeckt: In Paris dürfen Männer auf der Straße pinkeln!

Oh my God!

Es gibt dafür spezielle Pissoirs mit Pflanzenbewuchs. Das soll es wahrscheinlich hübscher machen. Aber trotzdem! Sie pinkeln einfach im Freien, als wäre es das Normalste auf der Welt.

Immer noch leicht schockiert komme ich nach Hause. Und als ich endlich unter der Dusche stehe, streikt diese plötzlich. Verdammt! Im Bademantel und mit Handtuchturban auf dem Kopf gehe ich zur Concierge hinunter. Diese Frau ist der reinste Griesgram. Okay, zugegeben, meinetwegen sind mal die Sicherungen im ganzen Haus rausgeflogen. Ich wollte meinen … – gut, ich sag's frei heraus – meinen Vibrator einstöpseln, und dann knall, bumm, war der Strom weg.

Die Concierge war sehr verärgert. Aber ihr könnt mir glauben: Ich war ganz besonders frustriert!

Wie dem auch sei, jetzt versuche ich, dem Hausdrachen in aller Ruhe deutlich zu machen, was das Problem ist.

Sie zetert herum und zeigt dabei auf mein in der Tat gewöhnungsbedürftiges Outfit. Ich verstehe mal wieder nur Bahnhof. Aber zum Glück naht der Meister der zarten Steaks zu meiner Rettung.

Er erklärt der Concierge, dass aus meiner Dusche kein Wasser mehr kommt. Aber sie regt sich weiter auf, wieder über die Sache mit der Sicherung, glaube ich.

»Ich wollte nur mein *cheveu* waschen. Und dann kein *eau* mehr!«, sage ich entschuldigend.

»Das Wasser macht in diesem Haus, was es will«, sagt der SSN. »Die Rohre sind bestimmt fünfhundert Jahre alt. Im Ernst.«

Fünfhundert Jahre? Damals gab es die USA noch nicht mal. Kein Wunder, dass die Rohre spinnen! Aber man könnte sie ja vielleicht austauschen?

Die Concierge zetert in einem Affentempo weiter.

»Was sagt sie?«, frage ich Gabriel.

»Dass sie einen Klempner ruft.«

Hm, mir scheint, das hat er in der Übersetzung etwas geschönt. Wie lieb.

»Und was mache ich, bis der kommt?«

»Nimm das Bidet«, antwortet er schalkhaft.
Das Bidet. Zum Haarewaschen?
Na, großartig.

Revolution!

Nach der Bidet-Haarwäsche gehe ich zu meinem Französischkurs. Dort lerne ich heute einen höchst nützlichen Satz: »J'aime les bottines.« Ich mag Stiefeletten.

Mein neu errungenes Wissen teste ich gleich an Sylvie, als ich sie auf dem Weg zur Agentur treffe.

»*Bonjour, Sylvie! J'aime* Ihre *bottines!*«

Ich dachte, ein kleines Kompliment bessert vielleicht ihre Laune mir gegenüber. Aber da lag ich wohl sowas von falsch. Langsam weiß ich nämlich echt nicht mehr weiter. Was ich auch tue oder sage, sie hasst mich.

»Ah, danke«, sagt sie, nur um sofort hinzuzufügen: »Warum grinsen Sie die ganze Zeit so?«

»Ich habe doch nur ›*bonjour*‹ gesagt. Das Wetter ist schön, und ich bin in Paris.«

»Glauben Sie mir, das ist kein Grund, Luftsprünge zu machen. Vor uns liegt ein harter Tag. Wir haben einen wichtigen Werbedreh für ›De l'Heure‹. Und wenn Sie dabei die ganze Zeit grinsen, wird man Sie für blöd halten.«

Okaaay. Bestimmt befürchtet sie nur, dass ich Antoine angrinse. Äh, anlächle.

»Dazu lasse ich es nicht kommen. Versprochen.«

»Außer Sie sind wirklich glücklich. Sind Sie glücklich?«

»Na ja, ich habe mich gestern von meinem Freund getrennt. Heute Morgen hatte ich kein Wasser zum Duschen, weil die Rohre fünfhundert Jahre alt sind. Und ich habe mir im Bidet die Haare gewaschen. Aber, was soll's. *C'est la vie!*«

Wenn ich ihr so etwas erzähle, schafft das vielleicht endlich etwas Nähe zwischen uns. Wir könnten doch richtige Freundinnen werden. Aber, Pustekuchen. Sie öffnet die Tür zur Agentur und schaut mich mit geheucheltem Mitleid an.

»Och, Sie Arme. Posten Sie diese Geschichte doch auf Ihrem geliebten Instagram. Hashtag: BadHairDay.«

War ja klar. Warum sollte sie mich auch plötzlich mögen? Aber gut, immerhin findet sie mich … amüsant?

Kaum betrete ich das Büro, hält mir Luc empört ein Blatt Papier unter die Nase. Das sind die »Firmengebote« unseres Chicagoer Konzerns. Im Ernst, die Abläufe bei Savoir sind mindestens so veraltet wie die

Rohre bei mir im Haus. Es ist höchste Zeit, das alles zu modernisieren!

»Was ist das?«, ereifert sich Luc. »Das habe ich von dir bekommen.«

Er scheint ernsthaft sauer zu sein. Dann fängt er an, laut vorzulesen:

»Du sollst bei der Arbeit immer eine positive Einstellung zeigen. Du sollst jederzeit pünktlich sein. Du sollst in der Öffentlichkeit loben, aber im Privaten kritisieren.«

Ja, und? Wo ist das Problem? Jetzt kommt noch Julien dazu. Er ist wohl auch nicht begeistert.

»Du sollst Büroromanzen vermeiden?«

»Das Wichtigste ist, dass wir ein Team sind. Das ›Wir‹ kommt vor dem ›Ich‹«, füge ich hinzu.

»Ja, aber wir sind in Frankreich, nicht in Amerika. Bei uns zählt auch das ›Ich‹«, wendet Sylvie ein.

»Bei uns auch. Aber wir pflegen vor allem den Teamgedanken.«

Luc ist außer sich.

»Von wegen ›pflegen‹. Ihr wollt die französische Seele zerstören!«

Die »französische Seele zerstören«? Aber das sind doch nur ein paar Regeln für die Arbeit! Ich sage den Leuten ja nicht, wie sie ihr Baguette zu backen haben, oder dass sie aufhören sollen, Wein zu trinken!

Luc legt einen Abgang hin, der einer gekränkten

Diva würdig wäre. Und Julien tut es ihm gleich. Ich glaube, ich habe eine Revolution ausgelöst. Oh, oh.

Hoffentlich hacken sie mir nicht den Kopf ab. Das hat hier ja Tradition, so wie einst bei Marie-Antoinette.

Sexy oder ›sexistisch‹

Noch ist mein Kopf dran, also begleite ich Julien und Sylvie zum Drehort für den ›De l'Heure‹-Werbespot: die Pont Alexandre III. Von dieser Brücke hat man einen atemberaubenden Blick auf den Eiffelturm. Es ist magisch.

Antoine erwartet uns schon.

»Emily, schön, Sie wiederzusehen.«

Wie Sylvie begrüßt er auch mich per Wangenkuss. Aber inzwischen weiß ich ja, dass das hier jeder mit jedem macht. Es hat nichts zu bedeuten. Man küsst die Bäckerin, den Postboten, die Concierge … Nein, nicht die Concierge. Die ist zu fies.

»*Bonjour*«, sage ich in meinem besten Französisch. »Ich bin *très excitée*, hier zu sein.«

»*Excitée*, wirklich?«, fragt Antoine belustigt.

Und Julien erklärt augenrollend:

»*Excitée* bedeutet nicht ›aufgeregt‹, sondern ›erregt‹.«

Oh! Wie peinlich.

Aber »excited« auf Englisch klingt so ähnlich. Das

ist doch gemein, wenn es auf Französisch etwas ganz anderes bedeutet. Die wollen wohl, dass ich mich blamiere.

»Sie müssen das entschuldigen, Antoine. Emily hat sich heute im Bidet die Haare gewaschen.«

Klar, mach mich nur fertig, liebe Sylvie. Französisch ist eben keine leichte Sprache, okay?

Antoine erzählt uns von dem Werbespot. Er soll eine elegante junge Frau auf dem Weg zur Arbeit zeigen. Und während sie die Brücke überquert, verwandelt sie sich in den Traum aller Männer. Der Slogan lautet: »Ein Traum von Schönheit«. Klingt erst mal gut.

Wenig später beginnt der Dreh, und ich falle aus allen Wolken! Denn das Model lässt die Hüllen fallen. Alle Hüllen!

Die Nacktheit an sich stört mich nicht, man sieht ja keine Details. Aber sie läuft über die Brücke und wird von biederen Anzugträgern begehrlich angestarrt. Das finde ich absolut unmöglich! In unserer Zeit, nach allem, was der Feminismus geschafft hat, geht so etwas einfach nicht mehr.

»Und, was denkt ihr?«, fragt Antoine.

»J'adore«, antwortet Sylvie und betatscht dabei sein Knie.

»Und Sie, Emily?«

Okay, wie drücke ich das jetzt diplomatisch aus?

»Also, ich wusste nicht, dass sie nackt sein würde.«

»Sie ist nicht nackt, sie trägt unser Parfüm«, wendet Antoine ein. »Es ist sehr sexy, oder?«

»Sexy oder sexistisch?«, frage ich. »Wessen Traum soll das sein? Der des Mannes oder der der Frau? Den Amerikanerinnen wird das nicht gefallen.«

»Wo ist das Problem? Erklären Sie es mir.«

Antoine scheint sich tatsächlich dafür zu interessieren. Er schickt alle in die Pause.

Aber Sylvie! Wenn Blicke töten könnten, wäre es jetzt aus mit mir.

Wir setzen uns zu dritt an einen Tisch. Und während die beiden sich Wein einschenken lassen, versuche ich, meine Sicht der Dinge zu erklären. Diese nackte Frau ist ein Objekt der Begierde der Männer. Heutzutage ist so ein Video politisch inkorrekt, spätestens seit #MeToo. Diese Kampagne würde das Image der Marke ruinieren!

Aber meine Argumente überzeugen die beiden nicht.

Wenn Antoine es auf einen Imageverlust anlegt, dann ist er auf dem besten Weg zum Erfolg.

Das muss ich unbedingt verhindern.

Oh là là, willst du mit mir duschen?

Heute Morgen ist ein Klempner gekommen. Offenbar hat die garstige Concierge doch immerhin ihren Job gemacht. Jetzt steht der Mann in meiner Dusche und hantiert am Hahn herum. Dann seufzt er und schaut mich zerknirscht an.

»*Non.*«

»Wie jetzt, *non*?«

»*Impossible.*«

»Warum *impossible*?«

Unmöglich? Das kommt im amerikanischen Wortschatz gar nicht vor. Nichts ist unmöglich. Und ich will jetzt gefälligst endlich duschen. Der Klempner setzt zu einer ausschweifenden Erklärung an. Ich verstehe kein Wort. Also eile ich schnell eine Etage tiefer zu meinem Lieblingsübersetzer und falle gleich mit der Tür ins Haus:

»Hallo, kannst du mit dem Klempner reden?«

»Guten Morgen, Gabriel, wie geht es dir?«

Stimmt, ich hätte etwas höflicher sein können.

Davon abgesehen ... selbst verschlafen sieht er einfach umwerfend aus. In Shorts und mit nacktem
Oberkörper. Lecker, wie Mindy sagen würde. Er sieht
aus wie eine der vielen Statuen, die überall in Paris
rumstehen. Jedenfalls war es eine super Idee, so früh
morgens bei ihm anzuklopfen.

»Guten Morgen, Gabriel, wie geht es dir?«

»Müde, aber danke der Nachfrage. Ich habe gerade
so schön geträumt. Und dann hat mal wieder eine
Amerikanerin an meine Tür geknallt und mich geweckt.
Oder träume ich vielleicht noch?«

»Nein, nein. Du bist wach. Der Klempner darf nicht
gehen, bevor er meine Dusche repariert hat.«

Ich ziehe Gabriel an der Hand die Treppe hinauf.
Dann redet der Klempner auf ihn ein. Wenn er doch
bloß beim Dusche-Reparieren genauso flink wäre wie
beim Reden! Für mich ist der Wortschwall unergründ-
lich.

»Was sagt er?«, frage ich Gabriel.

»Er hätte gern einen Kaffee. Und ein Croissant.«

Äh, okay. Ist das ein französischer Brauch? Wenn
frühmorgens ein Klempner zu Ihnen kommt, müssen
Sie ihm ein Frühstück spendieren, um ihn zu moti-
vieren.

Noch etwas für meine Liste der französischen Selt-
samkeiten.

Ich hole also Croissants von meiner Lieblingsbäckerin und sehe dann dabei zu, wie Gabriel und der Klempner an meinem Tisch sitzen und sich fröhlich unterhalten.

Ich traue meinen Ohren nicht. Reden die etwa über Fußball? Und was ist mit meiner Dusche? Die repariert sich schließlich nicht von allein!

Als ich es nicht mehr aushalte und nachfrage, macht die Antwort mich sprachlos: Der Klempner muss auf ein sehr spezielles Ersatzteil warten. Das kann Tage dauern, oder gar Wochen!

»Und was soll ich bis dahin machen?«, frage ich Gabriel entsetzt.

»Dusch bei mir.«

Oh, dieses Lächeln! Damit habe ich jetzt auch noch den perfekten Vorwand, jeden Morgen bei ihm zu klopfen. Danke, Glücksstern ...

Es reicht!

Nach einer wundervollen Dusche mit – äh, bei – Gabriel gehe ich zum Französischkurs. Heute lernen wir, wie man Leute zu einer Party einlädt. Super! Das ist bestimmt nützlich …

Eines Tages. Vielleicht.

Im Büro fällt Sylvie sofort über mich her. Damit habe ich gerechnet. Ich weiß, dass ihr meine Einwände beim Dreh gestern nicht gefallen haben. Aber vielleicht hat sie ja inzwischen darüber nachgedacht? Vielleicht versteht sie mich?

»Ihre Fragerei gestern hat uns enorm viel Zeit und Geld gekostet.«

Nein, natürlich. Sie ist immer noch verstimmt.

»*Bonjour,* Sylvie!«, antworte ich betont freundlich, aber sie redet einfach weiter.

»Antoine kommt später vorbei, um uns den Clip zu zeigen. Dann will ich kein Wort von Ihnen hören.«

»Stimmen Sie mir denn so gar nicht zu? Nicht mal ein klitzekleines bisschen?«

Sie ist doch auch eine Frau. Wie kann sie dieses Video einfach so hinnehmen?

»Ihre Sicht auf Mann und Frau ist sehr vereinfachend. Das ist sehr amerikanisch.«

»Ja, deshalb bin ich ja hier. Um die amerikanische Sicht einzubringen.«

»Es ist vor allem eine moralische Sicht.«

Gut, und was ist daran so schlimm? Außerdem geht es hier nicht um persönliche Befindlichkeiten. Nicht einmal um kulturelle. Diese Werbekampagne ist einfach nicht zeitgemäß und fordert eine Katastrophe heraus. Bin ich denn die Einzige, die das sieht?

»Ich denke nur, die Kampagne darf nicht die Augen vor der Aktualität verschließen. Ganz ehrlich, ich mache mir nur Sorgen um Antoine.«

Sylvie lächelt dünn, und dann stupst sie mich mit dem Finger auf die Nase. Als wäre ich ein Schoßhündchen oder so!

»Lassen Sie Antoine getrost meine Sorge sein.«

Ich habe das Gefühl, gegen eine Wand zu reden. So ein Mist!

Und als ich zu meinem Schreibtisch komme, erwartet mich dort eine Überraschung in Form eines fragwürdigen »Kunstwerks«. Jemand hat einen Penis auf die »Firmengebote« gekritzelt. So eine Schweinerei!

Julien weiß bestimmt, wer das war. Doch er streitet es ab.

»Meiner ist nicht so krumm …«, sagt er süffisant und weist mit dem Kopf auf Luc.

Ich bin sprachlos.

Erst Sylvie, die mir einfach nicht zuhört. Und dann Luc, der nichts Besseres zu tun hat, als mir seinen Schniedel zu zeichnen.

Langsam reicht es mir!

Frühstückswein und frische Ideen

Nach einem ausgedehnten frühen Mittagessen mit Mindy und ein paar Gläsern Sancerre, den sie diplomatisch als »Frühstückswein« bezeichnet, fühle ich mich wieder besser. Laut Mindy gehört Unfreundlichkeit zur französischen Kultur. Es ist also normal, dass meine Kollegen ständig auf mir herumhacken.

Kein toller Trost, aber immerhin.

Um mich aufzuheitern, lädt Mindy mich am Wochenende zu einer Dinnerparty ein, denn ihre Arbeitgeber verbringen ein paar Tage in ihrem Landhaus. Ich freue mich!

Doch bis dahin muss ich noch das Meeting mit Antoine überstehen. Ich schaue mir den Werbefilm an und bin bestürzt. Es ist noch schlimmer, als ich sowieso schon dachte. Aber es bringt mich auf eine Idee …

»Und, was denken Sie?«, fragt Antoine. »Ist es sexy oder sexistisch?«

»Oh, definitiv sexy!«, antwortet Luc begeistert.

Was soll man auch von jemandem erwarten, der einer Kollegin eine Peniszeichnung auf den Tisch legt? Das verrät einiges über seinen Charakter, oder?

»Ich meinte Emily«, sagt Antoine.

»Ähm, es ist unwichtig, was ich denke. Vor allem geht es um Ihre Kunden. Lassen wir sie doch entscheiden. Posten Sie den Werbespot auf Twitter und lassen Sie abstimmen: ›Sexy oder sexistisch?‹ Sie werden ja sehen, wie die Leute reagieren. Das ist dann Teil der Kampagne.«

Ich lasse mich von Sylvies eisigem Blick nicht verunsichern. Die Idee ist gut!

Antoine überlegt kurz.

»Sexy oder sexistisch … Oder vielleicht beides? Es ist auf jeden Fall kontrovers … Gekauft!«

In Chicago würde ich jetzt vor Freude jauchzen. Aber hier in Paris begnüge ich mich mit einem kleinen Lächeln. Na gut, zugegeben, es ist eher ein breites Grinsen.

Kleine Fete, großes Fiasko

Sylvie mag mich nicht, das ist klar. Deshalb habe ich sie zu Mindys Dinner eingeladen. Man weiß ja nie.

Ich bin zwar nur für ein Jahr in Paris, aber das soll so schön werden wie nur irgend möglich. Und den Kleinkrieg mit Sylvie bin ich gründlich leid.

Mit einer Flasche Wein in der Hand klingele ich um 20 Uhr bei Mindy. Ich habe mich auf ein nettes Abendessen eingestellt, vielleicht mit ein paar Freunden von ihr. Aber als sie aufmacht, schallt mir dröhnende Musik entgegen. Die Wohnung ist voller trinkender und tanzender Menschen.

Das ist für sie eine »Dinnerparty«?

»Ah, unser Ehrengast!«, ruft Mindy. »Hallo, Leute, hört mal zu. Das ist Emily! Sie kommt aus Chicago und arbeitet jetzt bei einer Marketingfirma in Paris.«

Die Leute mustern mich kurz und reden und tanzen dann weiter. Ich versuche, mit irgendwem ins Gespräch zu kommen, aber niemand achtet auf mich. Wie so oft, seit ich in Paris bin, fühle ich mich fehl am

Platz. Vielleicht hätte ich doch nicht nach Frankreich kommen sollen?

Sylvie ist meiner Einladung natürlich nicht gefolgt. Aber unter diesen Umständen ist das vielleicht auch besser so.

Dann spricht mich ein netter und gut aussehender Typ an. Das reicht schon, um mich wieder aufzumuntern. Aber leider nicht für lange!

Fabien – so heißt er – erweist sich als ziemlich rüpelhaft. Alles, was ihn interessiert, ist meine »American pussy«. Also echt, das ist doch widerlich.

Ich lasse ihn einfach stehen.

Hach!

Ich gehe nach Hause. Allein. Ich hätte Fabien mitnehmen können, ein Wink mit dem kleinen Finger hätte genügt. Aber dazu hatte ich keine Lust. Ich will keinen One-Night-Stand, den man am nächsten Tag schon vergessen hat, oder besser gesagt, den man schnell wieder vergessen möchte. Ich will Romantik, Leidenschaft und große Gefühle. Schließlich bin ich in Paris!

Aber das soll wohl einfach nicht sein.

Ich komme am Restaurant vorbei und sehe dort Gabriel hinter dem Tresen. Einer Eingebung folgend, gehe ich zu ihm.

»Guten Abend«, begrüßt er mich fröhlich. »Willst du duschen?«

Ich weiß nicht, wie er das macht, aber er schafft es, mich wieder zum Lächeln zu bringen.

»Ich will lieber was trinken. Und mit einem freundlichen Menschen reden.«

Er schenkt mir ein Glas ein und fragt:

»Und, wie gefällt dir Paris bisher?«

»Warum fragen mich das ständig alle? Also gut, meine Antwort ist: Ich mag Paris, aber ich bin mir nicht sicher, ob Paris mich mag. Und vielleicht ist das okay so. Bisher war es immer mein Ziel, von allen gemocht zu werden.«

Er sieht mich stirnrunzelnd an.

»Das ist ein ziemlich blödes Ziel.«

»Genau. Und deshalb ist damit jetzt Schluss!«

»Da gibt es nur ein kleines Problem«, sagt er mit diesem hinreißendsten aller Lächeln. »Ich mag dich.«

Hach!

Schöne Bescherung

Ich habe beschlossen, mich an Luc zu rächen. Und wie jeder weiß: Rache ist süß! Daher habe ich meine Bäckerin gebeten, mir einen Kuchen in Penisform zu backen. Sie war etwas erstaunt über diese ungewöhnliche Anfrage, aber ich habe ihr erklärt, dass es sich um einen Scherz unter Kollegen handelt.

Jetzt ist es so weit. Ich bin im Büro angekommen und stelle die Schachtel vor Luc und Julien auf den Tisch.

»Wie sagte Marie-Antoinette? ›Sollen sie doch Kuchen essen!‹«

Als Luc die Schachtel öffnet, brechen er und Julien in Gelächter aus.

»*Merci!*«

Die französische Mentalität ist echt merkwürdig. Aber eines habe ich jetzt verstanden: Bin ich nett und liebenswürdig, hassen sie mich. Aber bin ich dreist und gemein, lieben sie mich! Eigentlich ganz einfach.

Ich fühle mich richtig beschwingt. Dann entdecke

ich auf meinem Schreibtisch ein Päckchen. Es enthält teure Dessous. Und eine Karte.

Danke für die brillante Idee.
Antoine.
PS: Ist das sexy oder sexistisch?

Bevor ich diese Ungeheuerlichkeit richtig erfassen kann, erscheint Sylvie in der Tür.

»Wir haben ein Meeting«, sagt sie und starrt dann das Päckchen an. »Wer schickt Ihnen so etwas?«

»Niemand. Nur ein Freund.«

Das quittiert sie mit einem kurzen Nicken, und weg ist sie.

Autsch! Kaum bin ich auf dem richtigen Weg, taucht ein neues Hindernis auf. Warum immer ich?

La vie en rose

Ich glaube, Sylvie hat einen Verdacht bezüglich der Dessous und meiner kleinen Notlüge. Vielleicht hat Antoine ihr schon mal etwas von derselben Marke geschenkt? Oder sie hat es einfach erraten. Sie kennt ihn schließlich besser als ich. Eines ist sicher: Ich habe Argwohn in ihrem Blick gesehen. Ich muss irgendwie dafür sorgen, dass sie diesen Spitzen-BH vergisst.

Am nächsten Morgen gehe ich beim Blumenladen vorbei, der mich schon öfter angelacht hat. Das ist etwas, das ich an Paris liebe: Es gibt überall diese hübschen kleinen Läden, die so einen altmodischen Charme an sich haben. Man kommt sich vor wie in einem Schwarz-Weiß-Film. Aber die Blumen, die sind natürlich bunt. Und einige der Sträuße sind einfach wunderschön! Besonders die rosa Rosen.

Radebrechend versuche ich, der Floristin klarzu-machen, welchen Strauß ich will. Sie tut natürlich so, als würde sie nichts verstehen. Also greife ich einfach nach dem Strauß, den ich mir ausgeguckt habe. Das ist ja viel einfacher.

»Die da.«

Aber sie sagt *Non,* erzählt irgendwas von Rosen aus dem Süden und nimmt mir den Strauß wieder weg. Hä? Stattdessen drückt sie mir einen mickrigen Strauß gelber Rosen in die Hand.

Darf der Kunde hier nicht selbst wählen? Ist das wieder so eine seltsame Pariser Tradition? Hier sagt Ihnen die Floristin, welche Blumen Sie kaufen dürfen. Ich versuche, ihr zu erklären, dass ich lieber die rosa Rosen will, nicht die anderen hässlichen Dinger. Aber nichts zu machen.

Eine blonde Frau kommt auf uns zu. Sie hat ein strahlendes Lächeln und wirkt rundum sympathisch. Neben der kratzbürstigen Blumenhändlerin erscheint sie mir wie ein Engel.

»*Bonjour,* Claudette«, sagt sie, und dann noch irgendwas mit »schönen Rosen«.

Und dann, oh Wunder, nimmt diese Claudette mir den kümmerlichen Strauß weg und gibt mir den hübschen wieder. Ich bezahle und wende mich voller Dankbarkeit an meine Retterin.

»Danke. Mein Französisch ist einfach zu schlecht.«

»Nein, Quatsch. Claudette ist zu niemandem nett.«

»Aber Sie sind nett. Und Französin. Und Sie sprechen Englisch.«

»Ja, ich habe viele amerikanische Serien gesehen. Und Sie machen Urlaub in Paris?«

»Ich wohne jetzt hier. Wow, als ich das gerade laut gesagt habe, hätte ich mir fast selbst nicht geglaubt.«

Sie lacht. Wir schütteln uns die Hand.

»Emily.«

»Camille. *Enchantée.*«

Während wir ein Stück weitergehen, erzähle ich Camille, wo ich herkomme, warum ich hier bin, und dass meine Kollegen ungefähr genauso freundlich sind wie die Blumenhändlerin. Wir holen uns zusammen Kaffee in der Bäckerei, und Camille empfiehlt mir einen Markt im Marais-Viertel.

»Um dahin zu kommen, fährst du mit der Metro bis zur Station ›Filles du Calvaire‹«, erklärt sie.

»O Gott, das letzte Mal bin ich mit der Metro im 21. Arrondissement rausgekommen.«

»In Paris gibt es nur zwanzig Arrondissements.«

»Ja, eben. Die Stadt ist das reinste Labyrinth.«

»*Relax.* Paris wirkt wie eine große Stadt, aber eigentlich ist es ein Dorf. Das merkst du, wenn du etwas länger hier bist.«

Ich glaube ja, dass die gesamte Freundlichkeit, die es in Paris gibt, in dieser einen Person steckt. Mit Camille fühle ich mich unglaublich wohl. Es ist jetzt schon, als würden wir uns seit Ewigkeiten kennen. Beim Abschied lädt sie mich für heute Abend zu einer

Vernissage in ihrer Galerie ein. Es kommen wohl eine Menge Leute und sogar ein Typ aus Chicago. Randy Zimmer, der Besitzer einer großen Hotelkette. Er sucht Kunstwerke für das neue Hotel, das bald in Paris eröffnet.

Ich muss Camille versprechen, dass ich komme.

Hach, ich glaube, ich habe gerade eine neue Freundin gewonnen.

Meine erste französische Freundin!

Das versetzt mich in so gute Laune, dass ich ein Foto von mir und den Rosen poste. #LaVieEnRose!

Ein Omelett
zum Niederknien

Als ich zurückkomme, warten in der Eingangshalle einige Kartons auf mich. Meine Sachen aus den Staaten! Wie kriege ich die jetzt die Treppe hoch? Auf die Concierge kann ich nicht zählen, die muss nämlich zwei Müllbeutel zur Tonne bringen, und das kann erfahrungsgemäß dauern …

Was soll's.

Ah, da kommt Gabriel. Er ist wirklich immer da, wenn ich ihn brauche. Jetzt hilft er mir, die tonnenschweren Kartons hochzuschleppen. Was würde ich bloß ohne ihn tun? Ohne seine schönen Augen. Ohne sein hinreißendes Lächeln. Ah, und seine Stimme!

Ich höre ja schon auf.

»Backsteine gibt's übrigens auch in Paris«, scherzt er, als endlich alles oben ist.

»Das sind nur ein paar Dinge, ohne die ich hier nicht überleben kann.«

Ich öffne das Paket und entdecke ein Desaster: Ein Glas meiner absoluten Lieblingserdnussbutter ist buchstäblich explodiert. Die klebrige Paste ist überall verteilt. Auch auf einem Foto von Doug und mir. Na ja, das wollte ich eh wegwerfen.

»Mein Ex«, erkläre ich Gabriel.

»Tut mir leid.«

»Schon gut, ich komme ohne ihn klar. Aber nicht ohne meine Erdnussbutter!«

»Ich denke, in Paris finden wir was Besseres als Erdnussbutter für dich.«

Was Besseres als meine ungesalzene Bio-Erdnussbutter mit Stückchen? Das will ich sehen!

Gabriel nimmt die Herausforderung an. Kurze Zeit später bereitet er in seiner Küche ein Omelett für mich zu. Uh, wie energisch er die Eier aufschlägt! Mit kräftiger Hand hält er die Schüssel fest. Und dann wendet er das Omelett mit solcher Behutsamkeit in der Pfanne. Er macht es aus Liebe, äh, mit Liebe. Man spürt seine Liebe zum Kochen. Er macht alles ganz bedächtig und zelebriert jeden Arbeitsschritt. Zum Abschluss streut er noch Kräuter über sein Werk. Diese Eleganz! Allein vom Zusehen bekomme ich Gänsehaut.

Da möchte man ein Omelett sein …

Nein, Schluss jetzt!

Das Omelett ist fertig. Ich probiere und falle fast in Ohnmacht, so lecker ist das!

»*Oh my God!* Es ist, als hätte ich vorher noch nie ein Omelett gegessen. Unglaublich köstlich!«

Zum Niederknien köstlich!

Wolken im Paradies

Schon als Kind musste bei mir immer alles seine Ordnung haben. Zum Beispiel mussten Erbsen und Möhren auf meinem Teller getrennt liegen, und die Soße durfte auf keinen Fall darübergegossen werden. Aber Antoine hat mit seinen verflixten Dessous alles durcheinandergebracht. Es ist das reinste Chaos! Erstens: Er ist verheiratet. Zweitens: Er hat eine Affäre mit Sylvie, die nichts lieber täte, als mich in einen Flieger nach Chicago zu setzen. Drittens: Ich finde dieses Geschenk äußerst ungebührlich. In den USA würde er dafür eine Anzeige wegen sexueller Belästigung riskieren. Jawohl!

Ich gehe zur Agentur und bin fest entschlossen, diesem Schlamassel ein Ende zu bereiten. Doch als ich dort ankomme, dringen laute Stimmen aus Sylvies Büro.

»Wer ist denn da bei Sylvie?«, frage ich Julien.

»Antoine.«

»Und worüber streiten sie?«

»Na ja, es gibt da ein paar Wolken im Paradies, und darum hat Antoine gedroht, er würde sich eine neue Agentur suchen.«

Oh nein! Wenn Antoine die Agentur kurz nach meiner Ankunft verlässt, dann weiß ich schon, wem Sylvie das in die Schuhe schieben wird: der kleinen Amerikanerin mit dem Dauergrinsen! Und außerdem … vielleicht haben die Wolken ja was mit mir zu tun?

Die Tür ist nur angelehnt, ich schiebe sie vorsichtig etwas weiter auf.

»Ich hoffe, ich störe nicht?«

»Doch, Sie stören. Das sehen Sie doch!«, faucht Sylvie.

Doch Antoine sagt freundlich:

»Ah, unsere Amerikanerin in Paris, kommen Sie rein.«

Ich wende mich an Sylvie:

»Ich wollte Ihnen nur sagen, dass ich heute Abend Randy Zimmer treffe.«

»Wen?«

»Den von der Hotelkette. Es war doch Ihre Idee, dass Antoine einen Signatur-Duft für seine Hotels entwirft. Das wäre genial für Maison Lavaux.«

Antoine lächelt.

»Warum hast du mir nichts davon erzählt, Sylvie?«

»Weil … die Sache noch nicht spruchreif ist.«

»Es ist ein großartiges Projekt, sehr innovativ und außergewöhnlich«, werfe ich ein. »Eine tolle Idee, Sylvie.«

Sie sieht nicht so richtig begeistert aus. Aber ich habe ja noch ein Ass im Ärmel, meinen superschönen rosa Rosenstrauß! Da sie ihn nicht annimmt, lege ich ihn auf ihren Schreibtisch und ziehe mich dann diskret zurück.

Das vergiftete Geschenk

Mit mir selbst zufrieden, mache ich mich an die Arbeit. Doch dann kommt Sylvie angerauscht und knallt mir meine armen Rosen vor die Nase. Weiß sie eigentlich, wie schwer es war, die zu bekommen?

»Was sollte das gerade?«

»Julien hat gesagt, dass Antoine die Agentur verlassen will. Ich wollte nur helfen.«

Sie blickt auf mich herab, die Hände in die Hüften gestemmt.

»Ich brauche keine Hilfe von Ihnen. Und den Ruhm für eine zweifelhafte Idee brauche ich auch nicht.«

»Warten Sie's doch erst mal ab.«

»Na, wenn Sie meinen.«

Sie will schon gehen, dreht sich aber noch einmal um.

»Ach, das kleine Geschenk von neulich, von wem war das gleich?«

Wusste ich's doch! Sylvie hat Lunte gerochen. Sie hat mir das mit dem mysteriösen Dessous verschenkenden Freund nicht abgenommen. Wie auch? Sie weiß ja, dass ich mich gerade erst getrennt habe. Das kommt davon, wenn man Erbsen und Möhren miteinander vermischt, dann steckt man bis zum Hals in der ... im Gemüsebrei.

»Von ... meinem Freund«, stottere ich, während ich verzweifelt nach einem Namen suche. Irgendeiner muss mir doch einfallen. »Von meinem neuen Freund. Gabriel.«

Okay, das ist vielleicht nicht »irgendein« Name.

»Gabriel? Na, Sie haben wohl eine Menge neue Freunde in Paris, was?«

Sie geht, noch argwöhnischer als zuvor ...

Dieser BH war echt ein vergiftetes Geschenk. Hätte Antoine mir nicht etwas anderes schenken können? Einen Camembert oder so?

Ein dicker Fisch

Die Vernissage findet im Herzen von Paris statt, in einer glamourösen Galerie. Ich habe Mindy eingeladen. Sie liebt solche Orte. Auf dem Weg dahin unterhalten wir uns über Sylvie und das vergiftete Geschenk. Mindy meint, ich solle mit Antoine ins Bett gehen, schließlich schenkt er mir Luxusunterwäsche und würde mich bestimmt in die besten Lokale der Stadt ausführen.

Aber so bin ich nicht!

Ich will mir Sylvies Respekt verdienen. Und dazu muss ich den Deal mit Randy Zimmer an Land ziehen.

Ich habe den Herrn schon entdeckt. Er redet gerade mit Camille, die uns sogleich vorstellt.

»*Chicago meets Chicago*. Randy Zimmer. Emily Cooper.«

Dann verschwindet Camille, um andere Gäste zu begrüßen. Das ist meine Chance. Ich knipse meine LED-Kraft an, und los geht's!

»Wie aufregend, dass Sie ein Hotel in Paris eröffnen!«

»Ja, im November ist es so weit«, bestätigt er.

»Ich weiß noch, in einem Interview in der *Business Week* vom März 2010 zur Eröffnung des Hotels Zimmer in Zürich sagten Sie bereits, dass Sie auch in Paris ein Hotel eröffnen wollen.«

»Ähm, lernen Sie meine Interviews auswendig?«

»Ja«, bestätige ich.

Das gehört zu meinem Job. Ich muss über alles Bescheid wissen und den Trends immer einen Schritt voraus sein. Aber um Randy Zimmer zu ködern, reicht das wohl noch nicht. Macht nichts, so leicht lasse ich ihn nicht davonkommen.

»In einem anderen Interview sagten Sie, ein gutes Hotel brauche ein Echo. Um ein Echo zu haben, muss man alle Sinne ansprechen. Schöne Aussicht und hochwertige Seidenlaken sind schön und gut, aber was ist mit dem Geruchssinn? Ein Hotel braucht einen Duft. Ihre haben keinen. Es ist wie ein leeres Werbeschild auf der Madison Avenue. Leere Häuser verkaufen sich schlechter als möblierte.«

»Bitte, fahren Sie fort.«

Yes! Der Fisch hat angebissen. Jetzt muss ich ihn nur noch aus dem Wasser ziehen. Schön vorsichtig.

»Also, wenn man ein Haus verkaufen will, backt man Kekse. Das wirkt sich positiv auf den Käufer aus, er fühlt sich dann gleich wie zu Hause. Und Sie, Sie brauchen ein paar Kekse.«

»Und, geben Sie mir jetzt einen Keks?«

»Nein, meine Karte.«

Na bitte, Fisch Randy zappelt an meinem Haken!

Und der Kleinkrieg geht weiter …

Ich bin ganz schön nervös, als ich am nächsten Tag in der Agentur auf Randy warte. Hoffentlich lässt er mich nicht hängen! Als er endlich da ist, seufze ich erleichtert auf. Ich stelle ihn Antoine und Sylvie vor, und letztere begrüßt er mit Handkuss.

»Da haben wir also den Kopf und die Nase«, meint er in Bezug auf Sylvie und Antoine. »Und was sind Sie, Emily?«

»Der Mund«, sagt Sylvie.

Super … Machen wir uns lieber schnell an die Arbeit. Antoine hat seine Parfümeur-Ausrüstung dabei – Flakons, verschiedene Duftnoten. Und er erklärt uns seinen Beruf auf anschauliche Weise. Er vergleicht die Kreation eines Duftes mit der Komposition einer Sinfonie. Faszinierend!

»Für ›De l'Heure‹, zum Beispiel, haben wir mit einer einfachen Melodie begonnen. Kopfnote: Bergamotte, Mandarine, Vetiver. Herznote: Ylang-Ylang und Lavendel.«

Er besprüht einige Teststäbchen mit diesen Essenzen für uns. Doch Sylvie wählt eine andere Methode. Sie benetzt ihr Handgelenk und hält es dann Randy unter die Nase. Und dabei lässt sie Antoine nicht aus den Augen. Sehr subtil. Will sie ihn etwa eifersüchtig machen? So im Sinne von: Du hast der kleinen Amerikanerin Dessous geschenkt, also flirte ich mit dem reichen Hotelier?

»Tja, das ist alles sehr interessant«, sagt Randy schließlich. »Aber man sollte so eine Entscheidung nicht übers Knie brechen. Und ich fliege morgen schon.«

»Ach, wie schade«, sagt Sylvie heuchlerisch. »Vielleicht finden Sie ja in Chicago einen guten Parfümeur.«

Antoine stellt sich neben sie und flüstert halblaut:

»Ich möchte, dass dieser Deal zustande kommt.«

»Bist du denn noch Kunde bei uns?«

Oh, nein, im Paradies ziehen schon wieder Wolken auf!

»Wie wär's, wenn wir das alles heute Abend bei einem schönen Essen besprechen?«, sage ich daher schnell.

»Gute Idee«, sagt Randy. »Ich bin für alles offen, was mindestens einen Michelin-Stern hat.«

Julien möchte ein Restaurant vorschlagen, aber Sylvie schneidet ihm das Wort ab und beauftragt mich mit der Reservierung.

Das heißt, dass sie mir endlich ein wenig vertraut, oder?

Ich überlasse die anderen ihrem Geplauder und tätige ein paar Anrufe. Allerdings sind alle Restaurants, die ich kontaktiere, für heute Abend bereits ausgebucht. Mich beschleicht das Gefühl, dass Sylvie mich reingelegt hat.

Als ich mal wieder resigniert auflege, kommt Antoine zu mir.

»Vielen Dank für diese wunderbare Idee. Ich weiß, es war Ihre.«

»Ich lebe für die Kundenzufriedenheit.«

»Gut zu wissen. Hat Ihnen mein kleines Geschenk gefallen?«

Ah, gut, dass er das anspricht. Sein kleines Geschenk kann er sich sonst wohin stecken! Das sage ich natürlich nicht so. Ich will und darf es mir mit ihm nicht verscherzen. Aber ich muss ihm trotzdem klarmachen, dass unser Verhältnis rein geschäftlich ist und bleibt. Er hat schon eine Frau und eine Geliebte. Das müsste doch reichen, oder?

»Ja, das war sehr aufmerksam«, beginne ich. »Aber etwas ungebührlich. Ich nehme normalerweise keine Dessous von Kunden an. Erst recht nicht von verheirateten Kunden.«

Er lacht leise.

»Ach, das dachten Sie? Dass es ein Geschenk für mich war? Ich habe es nicht für mich gekauft, sondern für Sie. Ich wollte, dass Sie sich sexy und stark fühlen. Eine schöne Frau, die es mit der ganzen Welt aufnimmt und Paris erobert.«

Wie aufs Stichwort kommt Sylvie um die Ecke.

»Emily, reservieren Sie einen Tisch für sechs Personen im Grand Véfour.«

Dann ruft sie Antoine bei Fuß. So klingt es jedenfalls. Und Julien, die größte Klatschtante der Agentur, hat natürlich mal wieder alles mitangehört.

»Das Restaurant ist mindestens für die nächsten sechs Monate ausgebucht. Für heute kriegst du dort niemals einen Tisch!«

Gut. Ich habe es ja verstanden. Sylvie hasst mich. Und dieses Mal hat sie mir eine richtig fiese Falle gestellt.

Die Falle schnappt zu

Sylvie kann sich eines hinter die Ohren schreiben: Ich gebe nie auf. Niemals. Wozu habe ich meine LED-Wunderwaffe?

Ich habe so lange auf die Webseite des Restaurants gestarrt, bis eine Reservierung zurückgenommen wurde. Es hat Stunden gedauert und mein Finger ist ganz verkrampft vom vielen Klicken, weil ich die Seite immer wieder aktualisieren musste. Ich wäre sogar fast vorm Bildschirm eingeschlafen. Aber es hat geklappt!

Jetzt warten Randy und die anderen vor dem Restaurant, während ich uns in dem noblen Etablissement anmelde.

»Guten Abend, *Monsieur*. Ich habe einen Tisch für sechs Personen reserviert. Auf den Namen Emily Cooper.«

»Ich habe keine Reservierung auf Ihren Namen, *Mademoiselle*«, behauptet der Empfangschef.

Das kann doch gar nicht sein. Vielleicht hat er mich

falsch verstanden? Franzosen haben es ja nicht so mit Englisch.

»Doch, die haben Sie. Ich habe online reserviert.«

»Nein, tut mir leid.«

Okaaay. Ich zeige ihm die Bestätigungsmail auf meinem Handy.

»Sechs Personen, 9 PM, 8/11«, lese ich vor.

»Wunderbar«, antwortet er. »Dann sehen wir uns also am achten November. Sie haben für den achten Elften reserviert. Heute ist der elfte Achte.«

Oh my God.

Ich hatte vergessen, dass diese Franzosen ständig alles verdrehen! Was soll ich jetzt bloß tun? Sylvie wartet nur darauf, mich abzuservieren, und dann ist da noch der Deal mit Randy. Wenn ich diese Gelegenheit vermassele, könnte ich meinen Job verlieren.

Da gibt es nur eine Lösung.

Anpassung
ist das halbe Leben

Ich rufe Gabriel an. Sein Restaurant schließt zwar eigentlich in einer halben Stunde, aber mein allerliebster Retter in der Not wird uns trotzdem ein Mahl kredenzen. Es ist vielleicht nicht die Sterneküche des *Grand Véfour*, aber eines weiß ich sicher: Wenn Sylvie von Gabriels zartem Steak kostet, wird sie dahinschmelzen.

Jetzt muss ich das nur noch irgendwie der illustren Runde beibringen. Mit meinem schönsten Lächeln gewappnet stelle ich mich dieser Situation.

»Also, ich habe eine gute und eine supergute Nachricht.«

»Was ist die gute Nachricht?«, fragt Sylvie skeptisch.

»Heute Abend dinieren wir im fünften Arrondissement. Genauer gesagt, im Restaurant eines aufsteigenden Sterns am Pariser Küchenhimmel.«

Sylvie lächelt abschätzig. Soll sie erst mal Gabriels Steak probieren, dann werden wir schon sehen!

»Und die supergute Nachricht?«, fragt Luc.

»Am achten November essen wir im Grand Véfour, zur Eröffnung des Hotels Zimmer Paris«, verkünde ich.

Das nennt sich Anpassungsfähigkeit. Eine unglaublich nützliche Eigenschaft. Eine meiner Stärken.

Höhenflug ins Paradies

Das Dinner läuft fantastisch. Gabriels Essen ist einfach himmlisch. Randy und Antoine unterzeichnen den Deal für den Signatur-Duft der Zimmer-Hotels. Und Sylvie sieht, dass ich nicht gelogen habe. Ich habe wirklich einen Freund namens Gabriel.

Alles ist perfekt. Endlich! Erbsen und Möhren liegen wieder schön geordnet an ihrem Platz. Was für eine Erleichterung.

Als Randy und die anderen schwärmend das Restaurant verlassen, gehe ich zu Gabriel, um mich zu bedanken. Er hat sich echt ins Zeug gelegt, um meine Gäste zu verwöhnen. Er hat ihnen ein exquisites Festmahl aufgetischt, und dazu sehr guten Wein.

Ohne ihn wäre ich nicht so glimpflich aus dieser Sache herausgekommen.

Er ist immer für mich da, schon seit meinem ersten Tag hier. Als hätte das Schicksal mich zu ihm geführt. Genauer gesagt, zu ihm in die falsche Etage. Mir gefällt der Gedanke, dass wir dazu bestimmt waren, uns zu begegnen. Ah, ich glaube, Paris hat mich mit seiner kitschigen Romantik angesteckt. Und das Schlimmste ist, es gefällt mir!

»Es war großartig«, sage ich.

»Ach, das war doch gar nichts«, antwortet er.

»Doch, es war wirklich absolute Spitzenklasse. Du hast mich toll aussehen lassen.«

»Dafür musste ich ja nicht viel tun.«

Wie hat er das jetzt gemeint? Oh, da kommt Sylvie von der Toilette.

»Danke für das Essen, Gabriel. Es war *incroyable*. Und einen exzellenten Blick für Dessous haben Sie auch.«

»Ich habe was?«, fragt er verwundert.

Das darf doch nicht wahr sein! Wird sie diesen dämlichen BH denn nie vergessen?

»Ja, ja, hat er«, sage ich leichthin, während ich Sylvie zum Ausgang bugsiere … äh, geleite.

Als wir draußen sind, lächelt Sylvie mich an. Nicht spöttisch oder abschätzig, es erscheint mir fast aufrichtig. Bestimmt ist mir der Wein zu Kopf gestiegen.

»Emily, ich muss zugeben, das war gute Arbeit heute. Wir gehen noch etwas trinken, wenn Sie mitkommen mögen? Aber Sie haben sicher etwas Besseres vor, nicht wahr?«, sagt sie mit einem Nicken in Richtung Gabriel.

»Er wohnt direkt unter mir. Ich glaube, das wäre zu kompliziert.«

»Ach, komplizierte Beziehungen sind oft die besten.«

Und dann ist sie weg. War das ein Ratschlag? Jedenfalls bringen ihre Worte mich ins Grübeln. Doch dann hat es sich plötzlich ausgegrübelt. Vielleicht mache ich einen Fehler, na und? Ich stürme zurück ins Restaurant und überfalle Gabriel mit einem Kuss.

Und er küsst mich zurück. Seine Lippen sind weich und sanft und leidenschaftlich. Es prickelt im ganzen Körper.

Ein besseres Dessert hätte ich mir nicht erträumen können.

Brutale Bruchlandung

So plötzlich, wie ich hineingestürmt bin, stürme ich auch wieder hinaus. Ich fühle mich immer noch ganz kribbelig. Bin ich verliebt? Ich weiß es nicht, aber auf jeden Fall empfinde ich etwas für meinen schönen Koch. Und als wir uns geküsst haben, hatte ich das Gefühl, dass es ihm genauso geht. Ja, vielleicht wünsche ich mir irgendwo tief im Inneren, Gabriel nicht mehr »einen«, sondern »meinen« Freund zu nennen.

Ich drehe mich um und sehe Antoine und Sylvie eng umschlungen. Sie scheinen sich versöhnt zu haben. Schön. Aber zuschauen möchte ich dabei lieber nicht. Also wende ich mich ab, und … plötzlich steht Camille vor mir.

»Hi!«, begrüße ich sie. »Verrückt, dass wir uns ständig über den Weg laufen. Ich habe gerade mit Randy Zimmer diniert.«

»Hier?«, fragt sie.

»Ja. Es ist ein tolles Restaurant.«

»Ich weiß. Der Koch ist mein Freund.«

What? Nein, nein, nein. Ich muss mich verhört haben. Camille ist mit dem Mann zusammen, den ich gerade stürmisch geküsst habe? Mit dem Mann, der seit meiner Ankunft in Paris mein Herz höherschlagen lässt? Der SSN, der mit solcher Sinnlichkeit Omeletts zubereitet?

»Gabriel?«, frage ich schockiert.

»Ja. Kennst du ihn?«

Ach, wir haben uns nur gerade geküsst. Sonst nichts …

»Nein, nicht richtig«, stottere ich. »Er wohnt in der Wohnung unter mir. In dem Haus am Ende der Straße, wo der Blumenladen ist. Wo wir uns kennengelernt haben …«

Im Nachhinein erscheint es mir völlig logisch. Wir sind uns hier im Viertel begegnet, weil sie hier etwas zu tun hatte. Beziehungsweise mit jemandem zu tun hatte …

In dem Moment kommt Gabriel aus dem Restaurant.

»Ihr kennt euch?«

»Sieht ganz so aus«, bestätige ich.

»Siehst du? Ich hab's dir ja gesagt«, sagt Camille. »Paris wirkt wie eine große Stadt, aber eigentlich ist es ein Dorf.«

Und dann küssen sie sich vor meinen Augen. *Oh my God.*

Gabriel hat eine Freundin. Und diese Freundin ist ausgerechnet die netteste, liebenswürdigste und tollste Frau, die ich kenne.

Das ist ja noch schlimmer als das BH-Desaster! Hallo, Glücksstern?

Keine Ahnung, ob Paris ein Dorf ist. Aber seit ich hier bin, geht es in meinem Leben drunter und drüber. Das absolute Erbsen-und-Möhren-Durcheinander. Und jedes Mal, wenn ich eine Hürde gemeistert habe, wartet dahinter eine noch höhere auf mich.

Langsam glaube ich echt, die Stadt will mich einfach nicht!

Faux amis

Sylvie hat gesagt, komplizierte Beziehungen seien die besten. Aber das mit Camille und Gabriel, das ist nicht nur kompliziert, das ist ein Puzzle mit Millionen Teilen! Am besten, ich vergesse diesen Kuss einfach. Ein Kuss ist schließlich nur ein Kuss. Dummerweise bekomme ich immer noch Gänsehaut, wenn ich nur daran denke. Warum hat Gabriel mir nicht gesagt, dass er eine Freundin hat? Er hätte mich doch wegstoßen können oder so. Aber nein, er hat zugelassen, dass ich ihn küsse.

Ja, gut, ich habe ihn etwas überfallen. Und jetzt komme ich mir schrecklich blöd vor.

Ich könnte die ganze Sache auf die nicht wenigen Gläser Wein schieben, die ich getrunken habe. Wir sind schließlich in Frankreich. Also, schuld war nur der Alkohol! Genau.

Vor der Arbeit treffe ich mich mit Mindy auf einen Kaffee. Ich brauche unbedingt jemanden zum Reden, weil ich mich ziemlich verloren fühle. Ich erzähle ihr von dem grandiosen Kuss und davon, wie sehr ich mich danach vor Camille geschämt habe.

»Franzosen flirten gern«, beruhigt Mindy mich. »Tu einfach so, als wäre nichts, wenn du ihn das nächste Mal siehst.«

»Nein, wir sollten uns besser gar nicht sehen. Was schwierig ist, wenn man im selben Haus wohnt. Ich mag ihn wirklich, und ich dachte, dass er … Ach, ich weiß auch nicht, was ich dachte!«

Doch, ich dachte, Gabriel würde etwas für mich empfinden, wenigstens eine gewisse Anziehung spüren. Aber da habe ich mich wohl getäuscht. Und dann bestelle ich mir zum Frühstück auch noch ein Croissant mit »Kondom«, statt mit Marmelade. Der Kellner meint, das gäbe es am Automaten auf der Herrentoilette. Ich habe das englische *preserve* mit *préservatif,* also »Präservativ« verwechselt. Wie peinlich!

Mindy sagt, solche fiesen gleichklingenden Wörter heißen auf Französisch *faux amis,* falsche Freunde. *Médecin* heißt zum Beispiel nicht »Medizin«, sondern »Arzt«. Oh, ja, und Camille und ich, wir seien jetzt auch *faux amis,* meint Mindy.

»Wenn du mit ihr befreundet bleibst, bist du ganz nah dran an ihrem superheißen Freund.«

»Das tue ich auf keinen Fall. Und sie will ich auch nicht mehr sehen.«

Kaum habe ich das ausgesprochen, wer kommt da

auf uns zu? Camille. Verflixt noch mal, ich habe aber auch ein Pech!

Sie begrüßt mich mit einem fröhlichen »Hi!« und setzt sich zu uns.

»Cool, wir haben dasselbe Lieblingscafé.«

Ja, total cool. Merke: Betritt nie wieder dieses Café!

»Ich hole nur Croissants für Gabriel«, fährt Camille fort. »Ich kriege ihn sonst morgens nicht aus dem Bett.«

Von solchen intimen Details will ich nichts wissen. Am liebsten würde ich weglaufen. Aber Camille, die Freundlichkeit in Person, richtet mein Halstuch im French Style. Und dann macht Mindy ein Foto von uns, für meine Instagram-Story. Gibt es das? Freundschaft auf den ersten Blick? Genau so fühlt es sich mit Camille an.

Das Foto von uns beiden gefällt mir echt gut.

Und ihr Freund gefällt mir auch echt gut.

Ich bin ein Monster!

Gute Neuigkeiten

In jeder Frauenzeitschrift kann man lesen, dass das beste Mittel gegen Liebeskummer ist, sich in die Arbeit zu stürzen. Na gut, mir wurde nicht das Herz gebrochen, aber ein bisschen schmerzt es schon.

Wer macht mir denn jetzt Omelett?

Und auf Sylvie habe ich auch keine Lust. Sie schien gestern zwar mit mir zufrieden zu sein, aber wer weiß, was sie heute wieder auf Lager hat.

Auf dem Weg zur Agentur bekomme ich vom Kosmetikunternehmen Durée eine Einladung zu einem exklusiven Influencer-Lunch. Wow! Ich habe zwar inzwischen ziemlich viele Follower, aber ich hätte nicht gedacht, dass ich irgendwen »influence«, und erst recht nicht, dass ein Großkonzern wie Durée auf mich aufmerksam wird.

Vielleicht akzeptiert mich Paris doch allmählich? Das wäre zu schön!

Im Büro zeige ich die Einladung sofort Julien.

»Du, eine Influencerin?«

»Keine Ahnung. Vielleicht verwechseln sie mich? Aber ich liebe Durée! Von denen war der erste Lipgloss, den ich … gekauft habe. Das mit der Einladung ist toll, oder?«

»Nein, es ist ganz und gar nicht toll«, sagt Julien. »Wir reden hier nicht mehr über Durée. Die waren mal Kunde bei Savoir.«

»Was ist passiert?«

Er sieht mich todernst an.

»Darüber reden wir nicht, Emily.«

Okaaay. Ich bin aber neugierig und hasse es, wenn ich etwas nicht verstehe. Durée ist eine tolle Marke, ich wüsste nur zu gern, warum sie die Agentur verlassen hat. Vielleicht kann ich sie sogar zurückholen?

Ich gehe zu Sylvie, um mal vorsichtig nachzuhorchen.

»Ich wollte Sie fragen …«, sage ich.

»Normalerweise wartet man nach dem Klopfen auf das ›Herein‹ und tritt dann erst ein«, unterbricht sie mich trocken.

Gut, dass ich damit gerechnet habe, dass sie weiterhin abweisend ist. Ich gehe zurück und klopfe noch einmal brav an die Tür.

»Beschäftigt«, lautet die wenig überraschende Antwort. Egal.

»Ich habe bemerkt, dass Sie kein Kosmetikunternehmen unter Ihren Kunden haben. Haben Sie nie eines gehabt? Bobbi Brown, Laura Mercier … Durée?«

Sie wirft mir einen vernichtenden Blick zu. Offenbar bringt sie schon allein der Name auf die Palme. Dabei ist er doch ganz hübsch.

»Morgen kommt eine Vertreterin von Hästens Luxusbetten hierher. Ich erwarte geniale Kampagnenideen von Ihnen.«

Sie reicht mir einen Katalog.

»Kein Problem. Und das mit der Kosmetik …«

»Nein.«

Okaaay. Das war deutlich.

Zwischen den Leuten von Durée und Sylvie scheint es ordentlich gekracht zu haben. Aber das heißt ja nicht, dass ich nicht zu dem Influencer-Lunch gehen kann, oder?

Vielleicht erweise ich mich dort als wahre »Influencerin« und beeinflusse die Marketingchefin von Durée so, dass sie zu Savoir zurückkehrt?

Minitüte

Bei meiner Ankunft im luxuriösen Hotel, wo das Lunch stattfindet, stelle ich fest, dass es zwei Sorten von Influencern gibt. Die einen bekommen eine Riesentüte voller Durée-Produkte – so wie Hund Cashmere und sein Frauchen – und die anderen werden mit einer winzigen Minitüte abgespeist – so wie ich.

Ich glaube, ich spinne! Ein Golden Retriever bekommt mehr Make-up als ich? Er ist superniedlich, okay, aber was soll er denn damit? Ich frage den Typen, der die Tüten verteilt:

»Könnte ich so eine große bekommen wie Cashmere?«

»Mal sehen«, sagt er und scrollt auf seinem Tablet. »Nicht genug Follower. Also, bitte integriere unsere Produkte in deinen Social-Media-Content. Wir erwarten mindestens fünf Posts. Bei deiner kleinen Reichweite eher zehn.«

Zehn Posts, so miniklein wie meine Tüte? Klar, kein Problem.

»Sehr gern. Ich liefere Qualität und Quantität.«

Es sind sehr viele Influencer da. Im Empfangssaal hält Olivia Thompson, die Marketingchefin, eine kleine Rede. Ich muss unbedingt mit ihr sprechen. Aber sie verschwindet in einem Nebenraum, und ihr Assistent – Mr. Minitüte – versperrt mir den Weg.

»Kann ich helfen, Miss EmilyinParis?«

»*Bonjour,* noch mal. Ich würde gern mit Olivia reden. Es ist sehr wichtig.«

»Nein, nein«, sagt er von oben herab. »Wenn du ihre Aufmerksamkeit willst, dann poste!«

Verstanden! Alle anderen haben auch schon ihre Smartphones gezückt. Aber ich werde nicht einfach wild drauflosposten. Das kann ja jeder. Ich will das gewisse Etwas, das genau ins Schwarze trifft. Und ich habe da auch schon eine Idee.

Ich filme mich vor einer Wand, die mit dem Durée-Logo, grünen Blättern und echten Erdbeeren dekoriert ist.

»Dank Macadamiabutter und Jojobaöl ist der Lippenstift von Durée wischfest. Sogar bei Beeren-Hunger.«

Ha, ich bin sehr zufrieden mit meinem kleinen Wortspiel. Es ist originell, und außerdem habe ich gezeigt, dass ich die Produkte der Marke gut kenne. Als Nächstes will ich erzählen, wie ich mit dreizehn an meinen ersten Durée-Lipgloss gekommen bin, aber da schubst mich eine andere Influencerin einfach weg.

»Mach mal 'n bisschen Platz hier, *chica*«, meckert sie mich an. Für wen hält die sich?

Und, bäm, lässt sie sich in den Spagat fallen. Wow, ich bin sprachlos.

»Hey Leute, wenn ihr ›Durée‹ angebt, bekommt ihr zwanzig Prozent Rabatt auf meine antimykotischen Yogahosen. CeliaSplits!«

»Wow! Und au! CeliaSplits? Ich habe dich gerade getaggt. Ich bin EmilyinParis.«

»Benutz nicht meine Marke. *Adios. Gracias.*«

Okaaay. Sehr freundlich. Und jetzt kommt auch noch Mr. Minitüte auf mich zu.

»Ähäm, Olivia hat jetzt Zeit für dich.«

»Wie bitte? Für die da?«, empört sich CeliaSplits. »Die hat nicht mal zwanzigtausend Follower. Ich habe zwei Millionen!«

Dann schimpft sie auf Spanisch weiter, aber ich höre schon gar nicht mehr hin. Tja, Spagat schön und gut, aber ich habe das große Los gezogen. Pech für CeliaSplits und ihre Antipilzhosen.

Mr. Minitüte führt mich in einen Raum, wo Olivia mich erwartet. Sie scheint zu wissen, wer ich bin. Kaum zu glauben!

»EmilyinParis, du hast dieses erfolgreiche Meme

für Vaga-Jeune gepostet, das sogar Brigitte Macron retweetet hat.«

»Ja. Und die Daily Mail hat es auch erwähnt«, füge ich hinzu. »Darauf bin ich ziemlich stolz. Es freut mich, Sie kennenzulernen, Olivia.«

»Ebenso. Ich mag deine Kreativität. Und du kennst unsere Produkte. Das macht dich zu einer guten Markenbotschafterin.«

Wir smalltalken noch ein bisschen, und dann komme ich zu meinem eigentlichen Anliegen.

»Welche Marketingagentur vertritt Sie?«

»Wir haben keine Agentur mehr. Die sind alle altmodisch und außerdem völlig überteuert. Wir gehen lieber über Influencerinnen wie dich. Ihr seid die Zukunft des Marketings.«

Ich würde ihr gern ein paar Vorschläge unterbreiten, und sie willigt ein, mich am nächsten Tag zum Lunch zu treffen.

Ha, ha! Das hättest du nicht gedacht, was, Mr. Minitüte?

Nur eine Minute
später ...

Es war ein großartiger Tag. Ich, Emily Cooper, bin zur wahren Influencerin aufgestiegen. Ist das nicht genial? Und noch dazu habe ich ein Treffen mit Olivia Thompson ergattert.

Hach, das Leben ist so schön!

Dachte ich ... und prompt stoße ich an der Haustür mit Camille und Gabriel zusammen. Sie lächeln sich an und alles an ihnen schreit: »Wir sind so verliebt!« Ich könnte auch schreien. Wäre ich nur eine Minute später gekommen, wären sie weg gewesen, und ich hätte sie nicht getroffen.

Ach, das Leben ist so gemein!

Jetzt muss ich mich ganz normal verhalten und gelassen tun, während eine Stimme in meinem Kopf ruft: »Nein, schau Gabriel nicht in die Augen! Nein, sieh auch nicht auf seine Lippen! Hau ab! Sofort!« Stattdessen sage ich:

»Oh, *bonsoir.*«

»Hi«, antwortet Camille in ihrer überschwänglichen Art. »Du bist nicht mehr im Büro?«

»Ich wollte noch von zu Hause aus arbeiten.«

Gabriel ist die Situation offensichtlich unangenehm. Er sagt nichts. Können sie nicht einfach gehen? Doch Camille erhört mein stummes Flehen nicht.

»Machst du Witze? Du bist doch nicht nach Paris gekommen, um in deinem Zimmer zu hocken. Kommt nicht infrage, dass wir dich heute Abend allein lassen.«

Ich will protestieren, doch sie lässt mir keine Chance.

»Stimmt doch, oder, Gabriel?«

»Äh, ja, klar.«

Camille hakt sich rechts bei mir und links bei Gabriel unter. Und ich wünschte, ich würde im Boden versinken. Könnte sich nicht ein Gullideckel unter mir auftun?

Aber ich kann diese freundliche Einladung schlecht ausschlagen. Und so machen wir erst ein bisschen Touri-Shopping und gehen dann was trinken. Wir haben echt viel Spaß zusammen. Und das ist das Schlimme daran. Ich mag sie wirklich gern, alle beide.

Schließlich besuchen wir den wunderschönen Ort, von dem Camille zuvor erzählt hat. Und er ist in der Tat märchenhaft. Es ist eine Van-Gogh-Ausstellung, in der man dank einer genialen Lichtinstallation in seine berühmtesten Werke eintauchen kann. *Die Sternennacht* ist besonders magisch. Und obwohl mir der Abend mit Camille und Gabriel gut gefallen hat, fühle ich mich langsam wie das fünfte Rad am Wagen. Was tue ich hier? Sie brauchen doch keinen Anstandswauwau.

Wir setzen uns auf den Boden und lassen das Schauspiel auf uns wirken.

»Ich liebe es, unter den Sternen zu schlafen«, sagt Gabriel.

»Weißt du noch das letzte Mal, als wir draußen übernachtet haben?«, fragt Camille.

»Jaa.«

»Viel geschlafen haben wir aber nicht«, gesteht Camille augenzwinkernd.

Sag ich ja, ich bin hier überflüssig.

Dann entdeckt Camille Freunde und lässt mich mit Gabriel allein. Gut, dann können wir jetzt endlich diese Sache aus der Welt schaffen.

»Ich mag Camille sehr«, sage ich zu Gabriel.

»Sie mag dich auch.«

»Ich hätte dich nicht geküsst, wenn ich gewusst hätte, dass du eine Freundin hast. Warum hast du es mir nicht gesagt?«

»Ich wusste ja nicht, dass du mich küssen willst.«

Ihn scheint das Ganze zu amüsieren. Das kränkt

mich ein wenig. Ich hatte irgendwie etwas anderes erwartet. Mehr Ernsthaftigkeit. Vielleicht Bedauern, dass das mit uns nichts werden kann, weil er mit Camille zusammen ist und wir beide sie nicht verletzen wollen. Stattdessen zeigt er nur sein schalkhaftes, leicht belustigtes Lächeln. Ich weiß nicht, wie ich reagieren soll und fange an zu stammeln.

»Ich dachte … Ich dachte, du empfindest … Ach, ist jetzt auch egal. Wahrscheinlich habe ich mir das nur eingebildet. Vergiss es einfach.«

In diesem Moment wird mir klar, wie sehr ich mir wünsche, dass er antwortet: »Nein, Emily, du hast dir das nicht eingebildet. Ich empfinde auch etwas für dich. Der Kuss hat mich umgehauen.«

Aber das sagt er natürlich nicht. Stattdessen scherzt er:

»Was soll ich vergessen? War irgendwas?«

Na ja, es ist bestimmt besser so. Gabriel und ich werden einfach gute Nachbarn bleiben.

Gute Nachbarn, und mehr nicht.

Keine Omelett-Geschichten mehr zwischen uns.

Betten zum Träumen
(allein, allein)

Am nächsten Tag haben wir ein Meeting mit Klara, der Vertreterin von Hästens Luxusbetten. Die perfekte Gelegenheit, mich in die Arbeit zu stürzen. Mit meinem Liebesleben mag es mau aussehen, aber ich habe einen Job, und den mache ich mit Leidenschaft. Ich muss Gabriel vergessen. Ihn aus meinem Gedächtnis tilgen. Er hat nie existiert. Genauso wenig wie unser Kuss.

Nun stellt Sylvie unserer Kundin ihre Ideen vor.

»In London, Rom und New York haben Massen von Menschen Tilda Swinton beim Schlafen in einer Glasbox zugesehen. Warum?«

»Weil alles, was sie tut, interessant ist?«, schlägt Klara vor.

»Ja«, gibt Sylvie lachend zu. »Aber außerdem ist es berauschend, jemanden beim Schlafen zu beobachten. Wir sehen unseren Kindern beim Schlafen zu.

Wir sehen unseren Liebsten beim Schlafen zu. Und jetzt werden die Leute im Schaufenster Ihres prestigeträchtigen Geschäfts auf den Champs-Élysées einem Paar wunderschöner Models dabei zusehen, wie sie schlafend – oder anderweitig beschäftigt – einen ganzen Tag in einem Hästens-Bett verbringen. Ein Porträt des Luxus, das die Vorzüge Ihrer Qualitätsbetten in Szene setzt.«

Aber dieses »Porträt« – oder besser die Fotomontage, die Sylvie uns zeigt – scheint Klara nicht zu überzeugen. Und mich im Übrigen auch nicht. Obwohl … wenn ich mich mit Gabriel in diesem Bett räkeln würde …

Nein, allein. Allein, allein.

»Eine nette Idee, aber sie haut mich nicht um«, sagt Klara skeptisch. »Es ist nicht wirklich neu. Haben Sie noch andere Vorschläge?«

Autsch, Sylvies Miene verdüstert sich. Sie war so stolz auf ihren Pitch. Aber Klara hat recht. Menschen, die in einer Vitrine »ausgestellt« werden, gab es schon tausende Male. Und für mich hat das rein gar nichts von einem Traum. Mein Traum wäre, mit Gabriel unter den Sternen zu schlafen …

Nein, allein. Allein, allein. Schluss jetzt, ich denke nicht mehr an ihn.

»Darf ich?«, frage ich Sylvie.

Sie stimmt gnädig zu, also unterbreite ich Klara

meinen Vorschlag. Die hohe Qualität der Hästens-Betten ermöglicht uns unsere schönsten Träume. Aber warum sollten wir nur in unseren Schlafzimmern träumen? Warum nicht mal unter freiem Himmel, unter den Sternen? Wir könnten Betten an den magischsten Orten von Paris aufstellen, im Jardin du Luxembourg, im Louvre, und so weiter. Dort können die Leute sie testen und dann ihre Erfahrungen in den sozialen Medien teilen.

»Wir posten dann Fotos von echten Menschen, nicht von Models. Von Menschen, die schlafen und träumen«, schließe ich.

Klaras Lächeln zeigt mir, dass ich gewonnen habe. Meine Idee gefällt ihr!

Und ausgerechnet Camille hat mich darauf gebracht. Camille, die Freundin von Gabriel.

Von Gabriel, dessen Kuss ich noch auf meinen Lippen spüre.

Einen Kuss, an den ich ununterbrochen denke, den ich aber schleunigst vergessen muss.

Glücksstern, bitte rette mich!

Influencerin, ein riskantes Metier

Der Lunch mit Olivia Thompson läuft nicht so gut wie erwartet. Sie bietet mir an, Markenbotschafterin für Durée zu werden. Wow! Das schmeichelt mir natürlich und rührt mich sehr. Ich würde das Angebot nur zu gern annehmen, doch leider gibt es einen Haken. Schließlich arbeite ich für Savoir. Ich versuche, Olivia von der Agentur zu überzeugen, aber sie gibt nicht nach. Sie will mich als Influencerin, nicht als Marketingagentin. Und zum Schluss gibt sie mir noch einen Rat: Ich solle mehr an mich denken, denn Sylvie tue das mit Sicherheit nicht.

Aber da irrt sie sich. Sylvie denkt sehr wohl an mich und wartet im Büro schon ungeduldig auf mich.

»Emily, ist das die amerikanische Art? Viel versprechen und dann nicht liefern?«

Was hat sie denn jetzt schon wieder?

»Wie bitte?«

»Klara von Hästens hat Ihr Vorschlag gefallen, und jetzt möchte sie, dass ihre Betten im Louvre aufgestellt werden. Also finden Sie ein schönes Plätzchen unter der *Mona Lisa* für uns. Viel Glück!«

Spöttisch wie immer, die gute Sylvie. Sie glaubt nicht, dass ich das schaffe. Gut, das mit dem Louvre war vielleicht ein bisschen voreilig. Aber irgendwie musste ich die Kundin ja von Savoir überzeugen. Außerdem sind die Louvre-Angestellten bestimmt supercool und lassen mit sich reden.

»Wir finden schon eine Lösung«, sage ich im Brustton der Überzeugung. »Das sind doch gute Neuigkeiten.«

»Sicher? Es sieht so aus, als seien Sie so schon sehr beschäftigt.«

Sie hält mir mein Instagram unter die Nase, genauer gesagt den Durée-Post mit den Erdbeeren.

»Sie hatten mich als Influencerin eingeladen.«

»Und Sie hielten es für eine schlaue Idee, dort hinzugehen?«

»Ich hatte gehofft, sie zurückholen zu können«, gebe ich zu.

»Und wer sagt, dass wir sie wiederhaben wollen? Wenn die an *Ihnen* interessiert sind, dann sicher nicht. Marken entscheiden sich für Savoir, um ihren Standard zu heben. Nicht um ihn zu senken.«

Ich stecke diesen Angriff weg, ohne mit der Wimper zu zucken.

»Wir sind auf der gleichen Seite, Sylvie.«

»Das Problem ist das, wofür Sie stehen. Ich habe nichts gegen Sie persönlich. Aber Ihre Präsenz in den Sozialen Medien ist ein wahres Problem. Sie haben umsonst für Durée gearbeitet. Was werden all die Kunden sagen, die für unsere Dienste bezahlen?«

Okay, daran hatte ich nicht gedacht.

»Gut, was soll ich jetzt tun?«, frage ich.

Sie lächelt herablassend. Oh, oh, das verheißt nichts Gutes.

»Löschen Sie Ihren Account.«

What? Will sie mich vielleicht gleich mitlöschen, wenn sie schon mal dabei ist?

Bye bye, Emily in Paris

Ich kann es immer noch nicht fassen. Ich muss meinen Instagram-Account löschen. Das war's mit @EmilyinParis. Aber wie soll ich ohne meine Posts weiterleben? Die Fotos, die Kommentare, meine Follower, das alles hat mir geholfen, hier durchzuhalten. Okay, kurzzeitig gab es da auch noch Mr. Omelett. Aber der hat ja Camille.

Warum muss mein Leben so kompliziert sein? Ist es vielleicht etwas, das in der Pariser Luft liegt? Etwas, das die Leute hier alle verrückt macht? Eine andere Erklärung sehe ich nicht. In Chicago hatte ich meinen Job und Doug. Ich ging jeden Morgen zur gleichen Zeit joggen. Alles war geregelt und unter Kontrolle.

Seit ich in Frankreich bin, ist mein Leben ein einziges Chaos. Und eines ist mir leider nur allzu klar: Ich kann mich Sylvie nicht widersetzen.

Aber wenn ich meinen Account schon schließen muss, dann nicht ohne eine letzte Knallerstory!

Zusammen mit Mindy erkunde ich *Paris by Night*.

Wir posten haufenweise Fotos von lauter schönen Plätzen. Wir köpfen sogar eine Flasche Champagner unter dem erleuchteten Eiffelturm. Leicht angeheitert laufen wir schließlich eine steile Straße in Montmartre hinab.

Etwas unzusammenhängend berichtet Mindy mir von ihren Scherereien mit der französischen Bürokratie.

»Ich hing eine Stunde in der Warteschleife. Und als ich endlich zur richtigen Abteilung durchgestellt wurde, hieß es nur: ›pas possible‹.«

»*Pas possible*«, trällern wir im Chor.

»Nicht möglich. Das ist das Pariser Motto«, sagt Mindy und leert die ich-weiß-nicht-wievielte Flasche.

Sie hat recht. Das war auch die Antwort des Louvre-Angestellten, als ich darum bat, ein Bett unter der *Mona Lisa* aufstellen zu dürfen: »Pas possible.«

»Der einzige Mensch auf der Welt, der ein Bett im Louvre aufstellen darf, ist Beyoncé«, jammere ich.

Aber deren gut gepolstertes Bankkonto habe ich leider nicht. Und gleich werde ich nicht mal mehr ein Instagram-Konto haben! Noch ein letztes Foto mit Mindy, und dann sagt @EmilyinParis »Au revoir«.

Ein Schwips und ein Geständnis

Das Dumme an Champagner ist, wenn man zu viel davon trinkt, vergisst man seinen Türcode und kommt nicht mehr rein. Erst musste ich meinen Insta-Account schließen, und jetzt will sich die verflixte Tür nicht öffnen!

Ich dreh gleich durch.

Ach, sieh an, wer kommt da durch die dunkle Nacht? Der SSN persönlich. Der hat mir gerade noch gefehlt!

»Du kommst spät nach Hause«, sagt er.

Ja, denn ich hatte ein wundervolles Date mit einem Typen, der noch tausendmal heißer ist als du, Omeletts brät wie kein Zweiter und keine Freundin namens Camille hat!

Das hätte ich gern geantwortet. Allerdings bin ich zu beschwipst, um es ordentlich über die Lippen zu kriegen. Außerdem sind wir ja nur Nachbarn, was geht ihn mein Leben an? Ich habe nämlich eins, auch ohne ihn! Na ja …

»Du kommst auch spät nach Hause«, sage ich also stattdessen.

»Ich habe gerade das Restaurant zugemacht. Und der Code ist 5 – 2 – 1 – 3. Eine umgedrehte Pyramide.«

Stimmt, ich hatte es fast richtig. Habe nur ein paar Zahlen verdreht. Das machen die Franzosen schließlich auch dauernd, mit dem Datum, mit den Etagen. Ich passe mich nur an, übernehme die lokalen Gebräuche. Das nennt sich Integration.

Warum muss ich ständig Gabriel in die Arme laufen? Das ist echt gemein. Zur Strafe steige ich schweigend die Treppe hinauf. Was sollte ich auch sagen? Er hat während unseres Kusses nichts empfunden. Er hat ihn längst vergessen.

Wenn es mir doch auch gelingen würde, die Erinnerung einfach wegzuwischen! Schade, dass es dafür keinen speziellen Radiergummi gibt. Oder einen Lösch-Button, so wie bei Instagram.

Vor seiner Tür bleibt Gabriel zögernd stehen.

»Du hast es dir nicht eingebildet«, sagt er schließlich. »Ich habe auch etwas empfunden.«

Ich antworte nicht. Aber die letzten Stufen zu meiner Wohnung erklimme ich mit deutlich leichterem Herzen.

Zwischen uns kann nie mehr sein, wegen Camille. Aber wenigstens weiß ich jetzt, dass der Kuss im Restaurant kein Traum war.

Es hat eindeutig zwischen uns geknistert.

Glück gehabt

Ohne @EmilyinParis komme ich mir richtig verwaist vor. Ständig zücke ich mein Handy, weil ich eine Idee für ein Foto oder einen Hashtag habe, und dann fällt mir ein, dass ich meinen Account ja gelöscht habe. Das ist echt hart. Ich habe das Gefühl, einen Teil von mir verloren zu haben. Das war mein Leben! Jetzt fühle ich mich leer.

Und die Leute vom Louvre werde ich auch nicht überzeugen, ich habe meine LED-Superkraft verloren. Verzweifelt versuche ich, andere Wahrzeichen von Paris für die Kampagne zu gewinnen. Ebenfalls ohne Erfolg. Dann ruft Sylvie aus ihrem Büro:

»Emily, geben Sie mir Ihr Telefon!«

What? Will sie jetzt auch noch mein Handy beschlagnahmen? Was kommt als Nächstes? Mein BH? Mein Freund – wenn ich einen hätte? Aber was soll ich tun, natürlich gehe ich zu ihr.

»Zeigen Sie mir das letzte Foto, das Sie gepostet haben«, fordert sie.

»Geht nicht. Ich habe den Account schon gelöscht.«

»Dann reaktivieren Sie ihn!«

Ich verstehe überhaupt nichts mehr. Gestern sollte ich Instagram verbannen, heute will sie plötzlich meine Posts sehen. Was soll der Quatsch? Ist das mal wieder ein französischer Tick? Oder eine Methode, mich vollends in den Wahnsinn zu treiben?

»Sie haben doch gesagt …«, ich spreche nicht weiter. So wie sie mich ansieht, gehorche ich lieber und zeige ihr das Bild von Mindy und mir in Montmartre. Ja, gut, man sieht uns den Champagnergenuss ein wenig an, aber so schlimm ist das ja wohl nicht, oder?

»Ah, das ist am Place Dalida, richtig?«

»Ja. Was soll das alles?«, frage ich.

»Klara, diese nordische Hexe, will, dass wir dort eines ihrer Betten aufstellen. Und Sie sollen das erste Foto posten.«

Klara folgt mir auf Instagram? Nicht zu fassen! Ich könnte jubeln und vor Freude tanzen, aber ich halte mich zurück, denn das wäre nicht sehr französisch. Ich gebe mich ungerührt, wie Sylvie, trotz meiner Aufregung.

»Warum ich?«, wundere ich mich.

»Das frage ich mich jeden Tag, seit Sie hier sind.« Langsam gewöhne ich mich an ihre Ironie … »Vermutlich hat sie gesehen, dass Sie eine Handvoll Follower haben. Und sie glaubt, wenn Sie posten, dann machen die anderen es Ihnen nach.«

Anders gesagt: Ich darf meinen Instagram-Account behalten.

EmilyinParis *is back*! Und ich bin eine echte Influencerin.

Langsam scheint Paris mich doch zu akzeptieren. Und vielleicht bringt mir die Stadt ja sogar Glück.

Oh, oui! Oh, oui!

Ahh, ich halte es nicht mehr aus! Als wäre es nicht schon schwer genug, Camille und Gabriel immer wieder über den Weg zu laufen und zu sehen, wie sie sich herzen und küssen, jetzt muss ich auch noch die ganze Nacht ihrem Bettgeflüster lauschen. Und »Geflüster« ist stark untertrieben. Sie stöhnen und schreien vor Lust. Es ist furchtbar!

Wer hat ihnen bitteschön erlaubt, es in der Wohnung direkt unter mir zu treiben?

Ja, gut, Gabriel wohnt da, aber trotzdem!

Können sie mich nicht wenigstens schlafen lassen? Ist das zu viel verlangt? Ich kann ihr ewiges »Oh, oui, oh, oui!« nicht mehr hören! Ich sage: »Oh, non!«

Es gibt Leute, die sich nachts ausruhen wollen.

Weil sie sonst nichts zu tun haben, in ihrem Bett …

Leider.

Schwarz ist relativ

Müde und ein bisschen neidisch – ja, gut, sehr neidisch – gehe ich zur Arbeit. Und dann ist heute auch noch ein wichtiger Tag, für den ich extrafit sein wollte. Wir treffen Pierre Cadault, den genialen Modeschöpfer, weil wir ihn von Savoir überzeugen wollen. Das ist eine große Herausforderung! Julien hat mir geraten, zu diesem Anlass ausschließlich Schwarz zu tragen. Und da bin ich also, schwarzes Kleid, schwarze Lederjacke. Nur der Anhänger an meiner Handtasche ist bunt. Schon als Teenager habe ich davon geträumt, Designerkleidung zu tragen, so wie die Mädels in *Gossip Girl*. Aber als Studentin konnte ich mir von meinen Lieblingsmarken höchstens einen Anhänger leisten, und schon dafür ging mein ganzes Erspartes drauf.

Pierre Cadault als Kunde wäre für die Agentur ein tolles Aushängeschild. Hoffentlich erfüllt mein Taschenanhänger seine Rolle als Glücksbringer und bewahrt mich heute vor französischen Fettnäpfchen.

Im Büro stelle ich erstaunt fest, dass Julien einen blau karierten Anzug trägt.

»Hey, du hast gesagt, wir müssen Schwarz tragen!«

»Ich habe gesagt, *du* musst Schwarz tragen, damit du bei Pierre Cadault nicht auffällst. Ich hingegen habe nicht vor, nicht aufzufallen. Emily, seit ich zwölf bin, träume ich davon, Pierre Cadault die Hand zu schütteln. Seit ich im Schönheitssalon meiner Mutter ein paar Vogue-Hefte habe mitgehen lassen. Er ist eine Legende!«

»Ja, ich weiß, Julien. Ich habe meine Hausaufgaben gemacht. Ich weiß alles über seine Fehde mit Valentino, seine Affäre mit Elton John – und über seinen Leguan, der anscheinend unsterblich ist.«

»In Wahrheit ist der Leguan schon fünfmal gestorben«, verrät mir Julien. »Aber er ersetzt ihn jedes Mal und gibt ihm wieder denselben Namen.«

Ich traue meinen Ohren nicht. Julien ist wirklich der König der Gerüchteküche.

Sylvie geht an uns vorbei, ohne mir die geringste Beachtung zu schenken. Aber das bin ich inzwischen gewohnt, also spreche ich sie trotzdem an.

»Ah, *bonjour*, Sylvie! Haben Sie meine E-Mails zur Social-Media-Strategie gelesen?«

»Pierre Cadault hasst dieses moderne Zeug«, erklärt sie. »Aber sein Manager weiß, dass es ohne nicht geht. Wenn wir den Auftrag haben, reden wir darü-

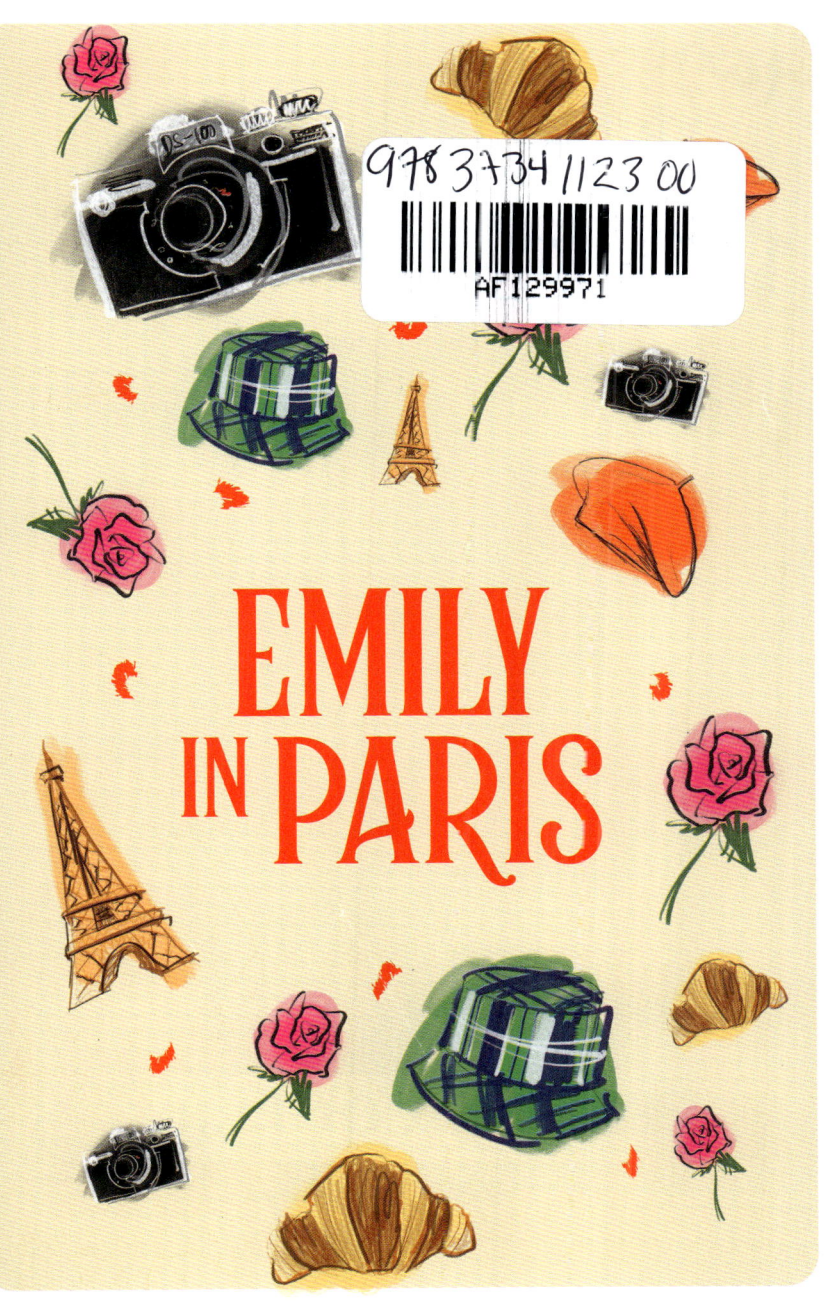

EMILY
IN PARIS

9783734112300

AF129971

fashion is TRASH

EMILY COOPER

In Paris lerne ich fabelhafte Orte kennen, zum Beispiel das Atelier eines berühmten Modedesigners. Leider gelingt es mir nicht immer auf Anhieb, mich an das Milieu anzupassen.

I AM TACKY

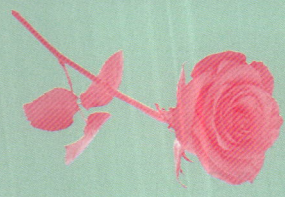

Ich liebe die hübschen kleinen Läden in meiner Straße! Die unfreundliche Blumenhändlerin mag ich nicht so. Aber zum Glück bekomme ich trotzdem einen wunderschönen rosa Rosenstrauß.

N PARIS EMILY IN PARIS EMILY IN PARIS EMILY IN PARIS EMILY IN PARIS EMILY IN P

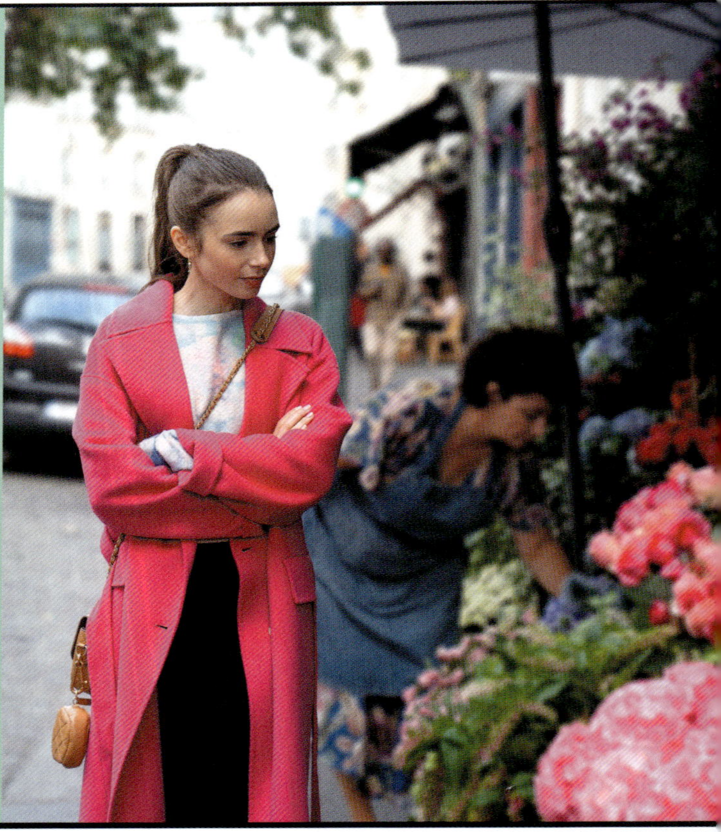

N PARIS EMILY IN PARIS EMILY IN PARIS EMILY IN PARIS EMILY IN PARIS EMILY IN P

I feel like I'm dreaming and I'm about to wake up

Man sagt, die schönsten Begegnungen seien Zufallsbegegnungen. Mindy habe ich in einem Park getroffen. Seitdem ist sie immer da und bringt mich zum Lachen, wenn ich moralische Unterstützung brauche. Und das ist ganz schön oft der Fall!

MINDY CHEN

Mindy und ich genießen Paris in vollen Zügen. In Cafés und Restaurants ... Eines Abends stelle ich fest, dass der Chefkoch niemand anderes ist als mein supersexy Nachbar. Äh ... mein supernetter Nachbar, der nie mehr sein wird als ein Freund, versprochen!

The French are Romantics but they're also Realists

GABRIEL

I ch laufe Gabriel ständig in die Arme, und ja, er gefällt mir, sehr. Leider gibt es da ein kleines Problem: Seine schrecklich sympathische Freundin Camille!

Butter + Chocolate = ♥

Die Aussicht aus dem Fenster meines *chambre de bonne* ist fantastisch und tröstet mich über vieles hinweg. Das ist der Gabriel, von dem ich immer geträumt habe! Äh, das Paris, von dem ich immer geträumt habe, wollte ich sagen.

La Plour

You're in Paris

it's like wearing poetry

Keine Ahnung, ob ich je eine echte Pariserin werde. Aber ich mache Fortschritte. Und wer weiß? Vielleicht finde ich ja eines Tages meinen Platz hier, in Paris.

ber. Heute heißt es: Beobachten Sie, bewundern Sie und machen Sie sich unsichtbar!«

»Kein Problem, ich trage Schwarz!«

Sie mustert mich von oben bis unten.

»Das ist kein Schwarz, das ist Pseudo-Schwarz.«

Seit wann ist schwarz nicht mehr gleich schwarz? Ich werde es Sylvie wohl nie recht machen können.

Kein Glücksbringer

Pierre Cadaults Atelier ist unglaublich! Ich wollte schon immer mal so eine Werkstatt besichtigen, den Schneiderinnen über die Schulter gucken, die prächtigen Stoffe bewundern und diese Atmosphäre von Kreativität und Konzentration spüren. Dominique, die Assistentin des Modeschöpfers, führt uns durch die verschiedenen Räume. Sie erklärt uns, dass Pierre Cadault nicht den Trends hinterherrennt, sondern ein wahrer Künstler ist. In diesem Jahr zum Beispiel hat er die Kostüme für ein Ballettstück entworfen, das demnächst an der Pariser Oper aufgeführt wird. Während sie das sagt, betreten wir einen Saal, in dem ebendiese Kostüme ausgestellt sind. Sie sind atemberaubend schön.

Dann kommt plötzlich eine jüngere Frau angelaufen. Sie sieht panisch aus. Brennt es, oder was?

»Er … er kommt!«, verkündet sie.

Alle bleiben stocksteif stehen, während Seine Majestät Pierre Cadault heranschreitet. Wie Sylvie und Julien halte ich mich extrem gerade, um einen guten Eindruck zu machen.

»Dominique, Sie sollten die Kostüme doch nicht zeigen, sie sind noch nicht fertig!«, ruft er aufgebracht.

»Pierre, sie sind nicht nur fertig, sie strahlen und werden das Ballett vollkommen machen. Genau das hat das Team von Savoir gerade festgestellt. *N'est-ce pas*?«, fragt sie und deutet mit dem Kopf auf uns.

Er nimmt die Brille ab, um uns zu betrachten.

»Ach, ja, *les Instagrammeuses*.«

Warum spuckt er dieses Wort aus, als wäre Instagram eine fiese Krankheit oder so?

»Oh, nein, *Monsieur* Cadault«, beeilt sich Sylvie zu sagen. »Es ist die Ehre meiner Karriere, Sie zu treffen.«

»Die Ehre meines Lebens!«, trumpft Julien auf.

Jetzt werde ich unter die Lupe genommen.

»Und Sie?«, fragt der Designer.

»Oh, es ist mehr als nur eine Ehre«, versichere ich und schüttele ihm die Hand. Was soll ich sagen? Nervös versuche ich, aus Sylvies und Juliens Blicken irgendetwas abzulesen. »Ich meine, ich habe Ihre Arbeit schon immer bewundert. Und hier zu sein, ist einfach fabelhaft!«

»Fabelhaft?«, wiederholt er argwöhnisch.

Hm, das muss ich wohl etwas ausführen. Zum Glück habe ich ja immer eine passende Metapher parat.

»Ihre Mode ist wie Konfekt! Ich könnte sie essen!«

Da fällt sein Blick auf meinen Glücksbringer – ein rotes Plüschherz mit Eiffelturm-Anhänger. Eine wahre Liebeserklärung an Paris!

»*Ringarde!*«, brüllt er und verlässt den Raum.

Und dann machen sich auch Sylvie und Julien eilig davon. Ich laufe ihnen hinterher. Keine Ahnung, was gerade passiert ist.

»Wartet! Was ist denn los? Was heißt ›ringarde‹?«

»Es bedeutet ›provinziell‹«, antwortet Julien. »Du bist für ihn eine *Basic Bitch.*«

Aber wieso hat Pierre Cadault so reagiert? Alles nur wegen eines kleinen Anhängers?

Thomas

Ich hätte es wissen müssen, das Glück hat mich mal wieder verlassen. Von wegen Glücksbringer! Der hat mir wohl eher Unglück gebracht.

Abends setze ich mich allein auf die Terrasse eines Cafés, um etwas zu trinken. Nach diesem schrecklichen Tag, an dem Sylvie und Julien kein Wort mehr mit mir gewechselt haben, ist das Letzte, worauf ich Lust habe, eine weitere Nacht voller »Oh, oui, oh, oui« von Gabriel und Camille.

Also sitze ich da und wundere mich über das Paar am Tisch vor mir. Die Frau scheint deutlich älter zu sein als der Mann. Der Typ am Nebentisch hat offenbar auch schon über diese seltsame Konstellation nachgedacht, denn er fragt mich plötzlich:

»Was meinen Sie, ist er ihr Sohn oder ihr Liebhaber?«

Ich drehe mich zu ihm um. Hm, nicht übel, sieht intellektuell aus. Aber vielleicht liegt das nur an der Brille. Jedenfalls strahlt er Ruhe aus und ist ziemlich attraktiv.

»Oh, eigentlich schaue ich nur hin, weil ich sehen wollte, ob der Caesar Salad wirklich zwanzig Euro wert ist«, sage ich abwehrend.

»Die Frau wirkt auf mich sehr autoritär, fast herrisch«, kommentiert er. »Wie eine Mutter.«

Ich zeige auf das Paar. »Und jetzt füttert sie ihn, als wäre er … ihr Liebhaber. O Gott, hoffentlich ist es so.«

Ich mag Liebesgeschichten, die den Rahmen des Gewöhnlichen sprengen, die sich über Grenzen und Klischees hinwegsetzen. Das ist so romantisch, es passt zu Paris.

»Wollen wir wetten? Wer verliert, zahlt die nächste Flasche Wein«, schlägt mein Sitznachbar vor.

»Bist du so sicher, dass du gewinnst?«

»Ich bin Professor der Semiotik. Das ist …«

»Zeichenlehre. Ich weiß. Ich habe einen Master in Kommunikation.«

Daraufhin stellt er sich vor. Er heißt Thomas. Ich frage ihn, wie wir feststellen sollen, wer die Wette gewonnen hat. Er meint, wir müssten so lange auf der Terrasse sitzen bleiben, bis das Paar sich offenbart. Das finde ich einen schönen Gedanken. Es ist auf jeden Fall subtiler als: »Ich will mit dir flirten.« Er gibt mir einen Drink aus, und wir unterhalten uns. Stundenlang.

Ich erzähle ihm von meinem desaströsen Tag in der Agentur. Und er sagt, es sei *ringard*, jemanden als *ringarde* zu bezeichnen. Dann erzählt er mir die Geschichte des Cafés, in dem wir sitzen. Es war nämlich überhaupt nicht angesagt, bis Jean-Paul Sartre und Simone de Beauvoir es zu ihrem Stammcafé machten.

Seine Worte tun mir gut. Wer weiß, vielleicht werde ich auch eines Tages mal »angesagt«?

Thomas findet mich jedenfalls nicht *ringarde*. Er sieht mich nicht an, als wäre ich ein provinzielles Landei. In seinen Augen bin ich witzig und intelligent.

Eine Pariserin.

Aus diesem Grund, und vielleicht auch, weil ich einsam bin, tue ich etwas, das ich noch nie getan habe: Ich nehme einen Mann am ersten Abend mit nach Hause.

Kleine Tode

Sex à la Parisienne ist einfach mmhhh … Oder vielleicht ist es auch Thomas. Er hat mir Dinge gezeigt, die ich nicht kannte – aber gut, Dougs Kompetenzen in dieser Hinsicht waren auch recht … beschränkt. Thomas kennt keine Grenzen, keine Hemmungen. Und er möchte, dass wir uns wiedersehen. Es gibt nur einen klitzekleinen Haken: Als er morgens geht, weigert er sich, zu duschen, weil er »meinen Geruch noch nicht abwaschen will«. Ich weiß nicht so recht, was ich davon halten soll. Aber davon abgesehen war die Zeit mit ihm ein echter Höhepunkt. Um nicht zu sagen, drei Höhepunkte …

Als wir uns unten verabschieden, kommt gerade Camille herein.

»*Bonjour*«, trällert sie und zeigt dann Thomas hinterher. »Wer ist das?«

»Ein Professor, den ich gestern Abend kennengelernt habe. Ich habe so was vorher noch nie gemacht«, gestehe ich. »Er hätte ja ein Mörder sein können.«

»Ja, mir war doch so, als hätte ich heute Nacht ein paar *petites morts* gehört«, sagt Camille augenzwinkernd.

Bitte was? Kleine Tode?

»Das ist so ein Ausdruck. *Une petite mort* ist ein Orgasmus, weil es so ist, als würde man sterben und dann neu geboren werden«, erklärt Camille.

What? Das heißt, mir haben alle beim Sterben zugehört? Wie peinlich!

Andererseits musste ich ja auch schon zig »kleine Tode« von Ihr-wisst-schon-wem ertragen. Das war meine süße Rache.

Heute Nacht war ich diejenige, die »Oh, oui! Oh, oui!« gestöhnt hat.

Oder vielleicht eher: »Oh, yes, oh yes«?

Wahrscheinlich …

Mein Leben als Aussätzige

Die Nacht mit Thomas gibt mir Kraft für den Tag, der mir bevorsteht. Ich hoffe, Sylvie und Julien haben den gestrigen Vorfall inzwischen verdaut. Ich kann die Sache mit Pierre Cadault bestimmt wieder hinbiegen, wenn ich eine zweite Chance bekomme. Der Modezar wird mich ja wohl wegen eines dämlichen Anhängers nicht ewig auf die schwarze Liste setzen, oder?

»Ah, unsere *belle ringarde*«, begrüßt mich Julien.

»Ach, hör schön auf.« Ich verdrehe die Augen.

»Hey, ich habe ›belle‹ gesagt«, verteidigt er sich. »Aber ›ringarde‹ kann man einfach nicht leugnen.«

»Ich bin nicht provinziell. Zum Beweis: Ich habe diese Nacht mit einem Semiotik-Professor verbracht.«

»Ein Professor? Das ist schlimmer als provinziell. Es ist öde.«

Tja, Julien ist heute Nacht wohl keine drei kleinen Tode gestorben. Der pure Neid!

»Überhaupt nicht öde. Er hat Rimbaud zitiert, und das war sehr sexy.«

Liebe und Lyrik, was will man mehr …

»Ich schließe daraus, dass dein lyrischer Prof der Grund für deine erstmalige Verspätung ist?«

»Nein, Sylvie hat mir geschrieben, dass ich nicht vor elf da sein muss.«

Erstaunt schaut er hinter mich, durch die Glastür des Konferenzraumes. Und in der Tat befindet Sylvie sich mitten in einem Meeting mit einem großen Kunden, dem Luxusuhrenhersteller Fourtier. Aber das ist *meine* Social-Media-Kampagne! Mit diesen Leuten hätte sie sich nicht ohne mich treffen dürfen.

Nach dem Meeting fordere ich eine Erklärung von Sylvie.

»Warum war ich nicht zu dem Treffen mit Fourtier eingeladen? Ich sollte doch die Kampagne präsentieren.«

Sie sieht mich nicht mal an, außerdem spricht sie nicht mit mir, sondern benutzt Luc als Sprachrohr. Sind wir hier im Kindergarten, oder was? Die kleine Sylvie schmollt und redet nicht mehr mit ihrer Freundin.

»Luc, sag Emily bitte, dass sie nicht mehr für Fourtiers Social Media zuständig ist. Sie steht bis auf Weiteres unter Luxusmarkenquarantäne.«

Als ich protestieren will, sagt sie – wieder zu Luc:

»Und sag ihr auch, dass ich keine Lust habe, mir den ganzen Tag ihr Gejammer anzuhören. Sie kann nach Hause gehen. Und erkläre ihr noch mal das Wort ›Quarantäne‹.«

Danke, das verstehe ich gerade noch, das ist ja in fast allen Sprachen gleich. Was ich nicht verstehe, ist, warum sie mich bestraft. Ich habe doch nichts falsch gemacht!

Und vor allem habe ich nicht den Atlantik über-quert, mich Camembert-Gestank ausgesetzt und all die Äußerungen von *pas possible* über *plouc* bis zu *ringarde* ertragen, um dann mir nichts, dir nichts aufs Abstellgleis geschoben zu werden!

Große Show

Mittags treffe ich Mindy im Park, wo sie immer mit ihren Au-Pair-Kindern hingeht. Ich erzähle ihr von den letzten vierundzwanzig Stunden: das katastrophale Treffen mit Pierre Cadault, die Nacht mit Thomas, meine Zwangsquarantäne.

»Ich verstehe nicht, wieso ich wegen eines Accessoires bestraft werde«, klage ich.

»Dafür hast du jetzt ein neues, männliches Accessoire. Also, Kopf hoch!«, tröstet sie mich, während sie obszön ihr Baguette schwenkt.

Mindy hat die Gabe, mich zum Lachen zu bringen. Sie ist immer zur Stelle, um mich aufzumuntern. Was würde ich bloß ohne sie tun? Ich verdanke ihr so viel. Letztens hat sie mir erzählt, dass sie ursprünglich Sängerin werden wollte. Als Teenie hat sie an der Castingshow *Chinese Popstars* teilgenommen. Diese Erfahrung würde sie aber am liebsten vergessen, da ihr beim Auftritt die Stimme versagt hat. Und als dann bekannt wurde, dass sie die Tochter des Reißverschlusskönigs ist, wurde sie zum Gespött der Leute. Ein Meme von ihr ging viral. Deshalb ist sie nach Paris geflohen.

Ich wünsche ihr, dass sie ihren Traum doch noch verwirklicht. Das hatte ich ihr bei unserem letzten Gespräch gesagt. Jeder hat das Recht auf eine zweite Chance! Und offenbar sind meine Worte auf fruchtbaren Boden gefallen.

»Wenn ich mich noch mal auf die Bühne stelle und singe, dann hier, wo mich niemand kennt. Ich habe gesehen, dass das *Crazy Horse* einen Open-Mic-Abend veranstaltet.«

»Dann nichts wie hin!«, ermutige ich sie.

»Auf keinen Fall.«

»Warum denn nicht?«

»Weil mir schon schlecht wird, wenn ich nur daran denke, auf einer Bühne zu stehen.«

Ich darf nicht zulassen, dass sie ihren Traum so einfach aufgibt. Jetzt bin ich an der Reihe und muss ihr helfen.

»Ich denke, du solltest hingehen.«

»Ganz ehrlich, ich weiß nicht mal, ob ich noch singen kann.«

»Na, dann sing für mich!«

»Warum nicht. Irgendwann mal. Aber nicht jetzt.«

Ich sehe mich um. Ja, es sind ein paar Leute da, aber die sind beschäftigt, sie unterhalten sich oder spielen Pétanque.

»Warum nicht jetzt? Niemand achtet auf uns.«

Und tatsächlich, Mindy steht auf und stimmt *La vie en rose* von Edith Piaf an. Ich bin schon nach den ersten Tönen hingerissen. Dieses Lied wurde bestimmt schon Milliarden Mal gesungen, aber Mindy interpretiert es auf ihre eigene Weise. Sie singt mit so viel Gefühl, dass ich eine Gänsehaut bekomme. Es ist emotional, aber nicht pathetisch, sondern subtil und zart, ganz wie ihre Stimme.

Ich bin nicht die Einzige, die Mindy in ihren Bann zieht. Nach und nach bleiben immer mehr Spaziergänger stehen, um ihr zuzuhören. Sie merkt es gar nicht. Und als sie das Lied beendet, erntet sie tosenden Applaus!

Mindy ist eine wunderbare Sängerin.

Und eine wunderbare Freundin.

Nie wieder Doppeldate

Am Abend wartet Thomas vor dem Haus auf mich. Wir wollen zusammen essen gehen. Ich bin froh, dass er wiedergekommen ist. Ein One-Night-Stand zu sein, hätte mir nicht gefallen. Dass er hier ist, bedeutet doch, dass ich ihm nicht ganz egal bin, oder? Vielleicht könnte das zwischen uns sogar etwas Ernstes werden. Während wir uns noch begrüßen, kommen Gabriel und Camille aus dem Haus. Ich kann wohl keinen Schritt tun, ohne ihnen zu begegnen. Aber es stört mich nicht so sehr wie sonst, denn ich bin nicht mehr der bemitleidenswerte einsame Tropf.

Gabriel sieht von mir zu Thomas.

»Hi«, sagt er kühl.

»Willst du uns deinen Freund nicht vorstellen?«, fragt Camille deutlich herzlicher.

»Das ist Thomas. Thomas, das sind meine Freundin Camille und ihr Freund Gabriel. Gabriel ist Chefkoch in dem Restaurant dort drüben.«

»Ja, aber heute lassen wir einen anderen für uns

kochen«, sagt Gabriel. »Wir gehen in eine kleine Tapasbar im Zehnten.«

Camille nickt, und dann leuchten ihre Augen auf.

»Oh, kommt doch mit!«

Ich protestiere, aber es ist nichts zu machen. Camille und Thomas sind begeistert von der Idee. Ich nicht so. Doppeldates sind nett, keine Frage, aber ich habe den Eindruck, dass Gabriel dem auch nicht gerade enthusiastisch entgegensieht.

Aber Camille scheint sich zu freuen.

Also gehen wir zum Canal Saint-Martin. Das Viertel kenne ich noch nicht. Ein weiterer toller Ort in Paris!

»Früher war es hier charmant und authentisch«, meint Thomas, als wir zu viert am Kanal entlangschlendern. »Jetzt ist es völlig gentrifiziert.«

»Mir gefällt es immer noch«, sagt Gabriel.

»Es ist zu einem Disneyland verkommen«, urteilt Thomas.

Ich weiß nicht warum, aber Gabriel und Thomas scheinen sich nicht sonderlich gut zu verstehen. Wir setzen uns auf die Terrasse eines Restaurants und bestellen eine Flasche Wein und Tapas.

»Gabriel, der Wein, den du ausgesucht hast, ist köstlich«, sage ich, um die Stimmung aufzulockern.

»Er kommt von einem kleinen Bio-Weingut bei Rioja.«

»Wenn es um Wein geht, macht niemand Gabriel was vor«, erklärt Camille.

»Außer beim Champagner. Das ist Camilles Fachgebiet«, fügt Gabriel hinzu.

»Ach, nur weil ich da hineingeboren wurde. Meine Familie besitzt einen Weinberg und ein kleines *Château* in der Champagne. Es heißt Domaine de Lalisse.«

Das scheint Thomas zu interessieren. Juhu, endlich ein gemeinsames Thema!

»Domaine de Lalisse?«, wiederholt er bedächtig. »Nie gehört.«

»Es ist ein ganz kleines Gut«, präzisiert Camille leicht verlegen. »Aber lasst uns nicht darüber reden. Das ist langweilig.«

»Ja, stimmt«, sagt er. »Nichts ist so langweilig, wie über Wein zu reden.«

Anders gesagt: Nichts ist so langweilig, wie über eines von Gabriels Lieblingsthemen zu reden. Vorher war die Atmosphäre kühl, jetzt sinkt die Temperatur tief unter den Nullpunkt.

Merke: Nie wieder Doppeldate, erst recht nicht mit Gabriel.

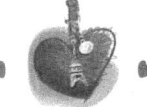

Plan A, Plan B

Am nächsten Tag fällt mir auf dem Weg ins Büro ein Plakat ins Auge. Es bewirbt das Ballett *Schwanensee* und die von Pierre Cadault entworfenen Kostüme. Ja, klar! Das bringt mich auf eine Idee, wie ich zwei Fliegen mit einer Klappe schlagen könnte. Erst bringe ich die Sache mit dem Modeschöpfer in Ordnung. Und dann versöhne ich mich mit Sylvie. Luc hat erzählt, dass Sylvie schon versucht, Cadault als Kunden zu gewinnen, seit er in der Agentur angefangen hat. Wenn ich dieses Problem löse, werden wir beste Freundinnen.

Brillant!

»*Hey, girl!*«, begrüße ich sie. Sie verdreht die Augen. »Tut mir leid, ich tue es nie wieder. Ich habe etwas für Sie. Eigentlich sogar zwei Dinge. Ich dachte, Sie und ich oder Sie und wer auch immer könnten zur Ballettpremiere gehen, um es noch mal bei Pierre Cadault zu versuchen.«

Ich reiche ihr die ausgedruckten Ballettkarten. Und sie zerreißt sie einfach. Das waren Logenplätze!

»Nehmen Sie diesen Namen nie wieder in den Mund. Ist das klar?«

Okaaay. Plan A war vielleicht doch nicht so brillant. Aber ich habe ja noch Plan B: Thomas einladen.

Geht's noch?

Heute Abend bei der Premiere darf ich mir absolut keinen Fehler erlauben. Also leihe ich mir ein fantastisches Kleid, kaufe mir eine Tasche, eine Stola, lange Handschuhe und sehr hohe glitzernde High Heels. Alles in Schwarz. Und mein Haar lasse ich von meiner Pariser Friseurin stylen. Ich finde, ich sehe fast aus wie Blair Waldorf aus *Gossip Girl*. Grazil und elegant steige ich die Treppe hinab. Ich kann gar nicht anders, mein Outfit lässt mich von ganz allein so schweben. Es ist wie Magie, das Kleid hat mich in eine Prinzessin verwandelt. Und ich fühle mich wie Cinderella auf dem Weg zum Prinzenball.

Als ich unten an der Treppe bin, kommt Gabriel ins Haus. War ja klar.

Er mustert mich von oben bis unten.

»Emily, hi. Wo gehst du denn hin, so schick gemacht?«

»Ach, ich habe Karten fürs Ballett.«

»Du gehst mit Thomas, nehme ich an?«

»Ja.«

»Ah, verstehe. Na dann, viel Spaß.«

Was sollte denn diese Grimasse?

»Hast du ein Problem mit Thomas?«, frage ich geradeheraus.

»Ich kann mir nicht helfen, aber für mich ist er ein Snob. Ein kleines Arschloch, das sich für einen großen Intellektuellen hält. Ich kenne diese Typen. Und ich denke einfach, du verschwendest deine Zeit mit einem, der dich nicht verdient.«

Geht's noch? Kritisiere ich vielleicht an Camille herum?

Ja, gut, sie ist absolut perfekt. Aber trotzdem!

Gabriel ist mein Nachbar. Nur mein Nachbar. Es steht ihm ja wohl nicht zu, meinen Freund zu kritisieren, oder?

Snob oder nicht?

Die Opéra Garnier ist einer der prunkvollsten Bauten, die ich bisher zu Gesicht bekommen habe. Jetzt fühle ich mich erst recht wie Cinderella. Und mein Märchenprinz erwartet mich am Fuß der Prachttreppe.

»Emily, du siehst toll aus in diesem schwarzen Kleid. Aber ohne Kleid gefällst du mir noch besser … Ähm, es gibt allerdings ein kleines Problem. Weißt du, dass du Karten für *Schwanensee* gekauft hast? Ist das ein Scherz?«

Hä? Ist er vielleicht gegen Federn allergisch?

»Wieso?«

»Das letzte Mal, als ich hier war, habe ich Ravels *Boléro* gesehen, ein Meisterwerk. *Schwanensee* ist etwas für Touristen.«

»Okay«, sage ich zögernd. »Ich möchte versuchen, mit Pierre Cadault zu reden. Vielleicht kannst du es so lange hier aushalten?«

Er zieht die Augenbrauen hoch.

»Du willst Pierre Cadault auflauern? Das heißt, wir

sehen uns ein schlechtes Ballett an, damit du danach einen alten und völlig überschätzten Designer treffen kannst?«

Gut, Pierre Cadault ist nicht mehr der Jüngste. Aber er ist eine meiner Ikonen. Und von so viel Talent kann Thomas nur träumen.

Ich muss an Gabriels Worte denken.

»*Oh my God,* du bist wirklich ein Snob!«

»Ein Snob?«, wiederholt er. »Das ist die letzte Zuflucht der Einfältigen.«

Vielleicht bin ich »einfältig«, aber eines weiß ich jetzt: Ich muss diesen Typen schnellstens loswerden. Als Professor für Semiotik kann er dieses Zeichen sicher problemlos entschlüsseln: Ich zeige ihm den Mittelfinger!

Das ist vielleicht nicht sehr prinzessinnenhaft. Aber zu meiner Verteidigung sei gesagt: Der Prinz war auch alles andere als märchenhaft.

Es war Dan!

Ich habe Thomas fast sofort vergessen, denn ich sehe Pierre Cadault oben am Geländer stehen. Ich folge ihm in seine Loge. Dominique ist bei ihm. Ich habe keine Zeit zu verlieren, muss sofort die richtigen Worte finden, damit ich nicht schnurstracks rausgeworfen werde. Also setze ich alles auf eine Karte.

»Monsieur Cadault«, sage ich. »Ich bin Emily von Savoir. Ich möchte mich entschuldigen, falls ich Sie gekränkt haben sollte. Und Sie haben recht. Ich bin eine provinzielle *Basic Bitch* mit Taschenanhänger. Wissen Sie, warum ich den habe? Meine Freundinnen und ich, wir waren die größten *Gossip-Girl*-Fans. Wir wollten alle sein wie Serena van der Woodsen und so luxuriöse Designerkleider tragen wie sie. Aber das Einzige, das wir uns leisten konnten, war dieser Anhänger in einem Outlet in Winnetka. Also, ja, wir sind wohl ziemlich *ringardes*.«

Dominique schaut mich böse an.

»Das reicht. Ich hole den Sicherheitsdienst.«

Als sie weg ist, rede ich weiter, in der Hoffnung, den großen Designer irgendwie für mich zu gewinnen. Hoffentlich passen die Sicherheitstypen auf mein Kleid auf. Es gehört mir schließlich nicht, und ich muss es unbeschädigt zurückgeben.

Als mir die Worte ausgehen, warte ich auf Pierre Cadaults Reaktion. Wird er mich wieder als *ringarde* beschimpfen? Oder vielleicht Schlimmeres?

Stattdessen sagt er:

»Ich kann immer noch nicht glauben, dass es Dan war.«

»Wie bitte?«, frage ich verwirrt.

»In *Gossip Girl*. Wir haben uns die ganze Serie angesehen, um am Ende herauszufinden, dass es Dan war.«

Ja, Dan war »Gossip Girl«, der mysteriöse Blogger, der alle Gerüchte rund um die New Yorker High Society enthüllt hat. Aber was hat das mit mir zu tun? Bevor ich das herausfinden kann, kommt ein Sicherheitsbeamter, um mir mitzuteilen, dass die Loge für VIP-Gäste reserviert ist.

Macht nichts.

Ich bin hier sowieso fehl am Platz, so wie Cinderella auf dem Prinzenball.

Wunder gibt es doch

Ich habe alles versucht, habe alles auf eine Karte gesetzt. Aber es hat nicht sollen sein. Schade. Und Sylvie hat meine Quarantäne vermutlich nicht wundersamerweise aufgehoben und mir verziehen. Ich bin trotzdem im Büro. Man weiß ja nie.

Als ich mir gerade einen Kaffee hole, kommt sie zu mir. Oh, oh …

»Sie waren gestern doch beim Ballett, nicht wahr?«

Während ich nach einer eloquenteren Antwort als »Äh …« suche, fährt sie fort:

»Ich bekam gerade einen Anruf von Pierre Cadaults Büro. Wir sollen noch einmal ins Atelier kommen. Und er besteht darauf, dass ›Gossip Girl‹ dabei ist. Ich nehme an, er meint Sie?«

Ich könnte mal wieder vor Freude hüpfen, aber so wie Sylvie mich ansieht, halte ich mich lieber zurück. Anstatt »Oh my God, oh my God«, was mir durch den Kopf schießt, sollte ich wohl etwas sagen wie »Das sind aber außerordentlich gute Neuigkeiten, nicht wahr?«

Schließlich entscheide ich mich für ein neutrales: »Das ist doch gut, oder nicht?«

»Ich weiß nicht, wie und warum es dazu gekommen ist, und ich will es auch gar nicht wissen«, sagt sie in ihrer üblichen missbilligenden Art. Dann betrachtet sie meine Karojacke und meine rote Bluse. »Aber Ihren Look müssen Sie auf jeden Fall runterfahren.«

»Wie wär's mit: Ich mach mein Ding, und Sie machen Ihrs?«, schlage ich mit einem breiten Lächeln vor.

»Und wie wär's mit einem Rückflugticket nach Chicago?«, kontert sie.

Okaaay. Kein Problem.

Kaum wendet Sylvie mir den Rücken zu, breche ich in stillen Jubel aus und vollführe ein kleines Freudentänzchen. Als sie sich noch einmal umdreht, bleibe ich abrupt stehen, wie beim Stopptanz.

Ja, ja, der Kindergarten lässt wieder mal grüßen. Aber sie hat angefangen!

Etwas zu einfach?

Mein Erfolg mit Pierre Cadault verleiht mir Flügel. Aber jetzt muss ich beweisen, dass ich ihn nicht enttäuschen werde. Und ich muss endlich, endlich einen Strich unter die Sache mit Gabriel ziehen.

Definitiv.

Heute Nacht habe ich von ihm geträumt. Das ist gar nicht gut. Es ist, als hätte ich Thomas schon vergessen. Oder eher, als wäre er sowieso nie wichtig gewesen. In unseren Träumen drückt sich angeblich unser Unterbewusstsein aus. Und diesmal war die Botschaft meines Unterbewusstseins eindeutig: Ich stehe auf Gabriel.

Definitiv.

Auf dem Weg zur Agentur entdecke ich Sylvie in einer schicken Modeboutique. Ich klopfe ans Fenster. Sie verdreht die Augen. Ich habe nichts anderes erwartet! Wenn sie mich eines Tages mit einem fröhlichen Lächeln begrüßt, dann mache ich mir Sorgen. Sie kommt mit mehreren Tüten aus dem Laden, und wir gehen zusammen Richtung Büro – das heißt, ich laufe hinter ihr her und versuche ein Gespräch anzufangen.

»Kleine Shoppingsession vor der Arbeit?«

»Ja«, antwortet sie seufzend. »Im Gegensatz zu Ihnen habe ich nämlich nur wenig Zeit dazu. Und ich bin nächste Woche nicht da.«

»Oh, eine Geschäftsreise? Oder ein Mädelstrip? Vielleicht eine Selbstfindungstour?«

»Es ist vor allem ein Geht-Sie-nichts-an-Trip.«

»Das gibt es in Amerika auch. Sie haben sich Ihren Urlaub auf jeden Fall verdient. Und ich werde während Ihrer Abwesenheit dafür sorgen, dass alles gut läuft. Oh! Ich könnte beim Fourtier-Event helfen, wenn Sie möchten.«

»Nein, lieber nicht. Ich möchte nicht noch mehr Probleme.«

»Eine amerikanische Schauspielerin führt durch die Veranstaltung. Da könnten Sie die Amerikanerin vor Ort – also mich – doch gut gebrauchen.«

Sylvie bleibt stehen.

»Das trauen Sie sich zu?«

»Absolut.«

»Schön. Sie können die Schauspielerin babysitten. Aber nerven Sie mich nicht mit dummen Fragen. Ich übertrage Ihnen diese Aufgabe nur, um mir Zeit und Energie zu sparen.«

Yes! Aber irgendwie ist das etwas zu einfach. Die Organisation der Fourtier-Party, bei der Filmstar Brooklyn Clark eine Zwei-Millionen-Euro-Uhr tragen wird, ist eine große Verantwortung. Sylvie scheint ja fast froh, diese Sache an mich abzutreten.

Das liegt bestimmt daran, dass sie Brooklyn Clark nicht kennt. Ich hingegen kenne sie gut. Ich habe all ihre Filme gesehen! Es sind romantische Komödien, die mich zum Lachen und zum Weinen bringen. Und die Schauspielerin ist einfach einmalig.

Es wird genial, sie persönlich kennenzulernen!

Eine ganz blöde Idee

Was für ein Schwindel! Brooklyn ist ganz anders als in ihren Filmen. Ich werde mein Geld für sämtliche Kinokarten zurückverlangen! Bei unserer ersten Begegnung wollte sie Gras von mir haben, dann hat sie sich vor meinen Augen ausgezogen, um zu masturbieren, und zu allem Überfluss nennt sie mich »Eimerhut«. Ich mag meinen pinken Filzhut!

All das erzähle ich Mindy und Camille beim Abendessen in Gabriels Restaurant. Ich hatte keine Wahl. Hätte ich Camilles Einladung abgelehnt oder ein anderes Restaurant vorgeschlagen, wäre ihr das komisch vorgekommen. Ich hoffe nur, ich muss SSN heute nicht sehen.

»Brooklyn Clark ist eine berühmte amerikanische Schauspielerin«, erkläre ich Camille. »Sie hat in dem Film mitgespielt, in dem eine verwitwete Konditorin Hochzeitstorten backt und sich alle Bräutigame in sie verlieben. Dann stellt sich heraus, dass sie nur Geister sind.«

»Ach, ja! Der war dämlich.«

»Ich habe geweint«, ereifert Mindy sich. »Es war so traurig, dass die Männer alle Geister waren.«

Von einem bestimmten Mann hätte ich mir gewünscht, dass er heute ein Geist bleibt. Aber nein, prompt kommt Gabriel aus der Küche und setzt sich neben Camille. Warum muss er so gut aussehen? Mit genau der richtigen Prise Mysteriosität? Diese Mischung ist einfach verboten sexy. Selbst wenn er müde ist wie heute, schmelze ich noch dahin.

»Hallo«, begrüßt er uns.

Als er Camille küsst, zwinge ich mich, zu lächeln und den kleinen Stich im Herzen zu ignorieren.

»Du arbeitest zu viel, *chéri*«, sagt sie voller Zärtlichkeit.

»Ich weiß, ich bin todmüde. Worüber redet ihr gerade?«

Ich erzähle noch mal von Brooklyn Clark und der Launchparty von Fourtier, dem größten Kunden der Agentur. Plötzlich habe ich eine Idee.

»Ihr könntet auch kommen! Es wird superschick, und ich mache die Gästeliste.«

»Och, Mist, ich kann nicht«, sagt Mindy enttäuscht. »Ich muss am Wochenende in der Provence arbeiten.«

»Und ich treffe einen Kunstsammler in Brüssel«, sagt Camille. Dann schaut sie ihren *Chéri* an. »Aber Gabriel, du bist doch da, oder? Du solltest hingehen.«

Nein, nein, nein! Ich werde keinen Abend mit SSN allein verbringen. Also, wir wären ja nicht allein. Aber ohne seine Freundin. Das kommt aufs Gleiche raus. Das stinkt noch schlimmer als ein alter Camembert.

»Du musst nicht kommen.«

»Doch, ich komme. Das klingt spaßig«, antwortet er.

Spaßig? Für wen? Camille lässt mir keine Zeit zu antworten.

»Oh, und wir haben etwas zu feiern«, verkündet sie, während sie Gabriel in die Augen schaut. »Darf ich es ihnen erzählen?«

»Es gibt nichts zu erzählen …«, sagt er sichtlich verlegen.

Wie jetzt? Haben sie sich verlobt? Ist sie schwanger?

»Gabriels Chef hat nachgegeben«, verrät Camille uns triumphierend. »Er verkauft das Restaurant. Dann kann Gabriel hier endlich schalten und walten, wie er will.«

Mindy und ich jubeln. Aber Gabriel scheint sich gar nicht zu freuen.

»Ja, allerdings kann ich es mir nicht leisten«, wirft er ein. »Ich habe nicht mal das Geld für die Anzahlung.«

»Aber meine Eltern werden ihm die Summe leihen, damit er eine Chance hat«, vertraut Camille uns an.

Gabriel schaut ziemlich unglücklich drein. Dann

geht er zurück in die Küche. Irgendwie habe ich das Gefühl, dass es ihm nicht behagt, sich von Camilles Eltern Geld zu leihen.

Der andere Cadault

Ich arbeite hart dafür, dass die Fourtier-Party ein Erfolg wird. Und währenddessen muss ich auf Brooklyn Clark aufpassen. Heute Nachmittag gehen wir zur Anprobe in Pierre Cadaults Atelier. Brooklyn wählt ein kurzes, modern geschnittenes Modell und lässt sich dann von Dominique beim Ankleiden helfen. Ich bleibe allein zurück und bewundere die anderen Kreationen auf der Kleiderstange. Schade, dass sie meine Mittel übersteigen. Vielleicht sollte ich es mal beim Film versuchen …

Da kommt ein äußerst selbstsicher wirkender Mann herein.

»Brooklyn Clark?« Er reicht mir die Hand. »Mathieu Cadault, freut mich. Sie sind genauso schön wie in Ihren Filmen.«

Ah, so ist das also, wenn man ein Star ist? Man wird umschmeichelt? *J'adore!*

»Wirklich?«, sage ich belustigt. »Welchen haben Sie denn zuletzt gesehen?«

»Ähm … das war … *Beauty* … ›Beauty Love‹? Glaube ich …«

»Netter Versuch!«

»Okay. Sie sind nicht Brooklyn Clark?«

»Emily Cooper. Von Savoir, Pierres Marketingagentur.«

Sein Lächeln verblasst.

»Mein Onkel war da wohl etwas voreilig. Er entscheidet solche Dinge nicht.«

»Aber an der Tür steht sein Name. Wer entscheidet denn dann?«

»Ich. Ich bin der Geschäftsführer. Und was mich angeht, gibt es noch keinen Vertrag.«

Okaaay. Ich erzähle ihm, wie ich Brooklyn Clark davon überzeugt habe, eine Robe von Pierre Cadault zu tragen, obwohl sie eigentlich zu Céline gehen wollte. Eine kleine Notlüge wird wohl erlaubt sein, oder? Mathieu bewilligt mir einen Monat Probezeit, unter der Bedingung, keinesfalls ins Vulgäre abzurutschen.

Und er will einen denkwürdigen Post mit Brooklyn in Pierres Kreation.

Ich verspreche ihm den Post, und noch viel mehr. Das Problem mit Versprechen ist, dass man sie halten muss. Ich hoffe, ich kann auf Brooklyn zählen.

Geliebte, ein harter Job

Die Party beginnt mit einem Blitzlichtgewitter. Brooklyn sieht in Pierre Cadaults Kleid einfach umwerfend aus, und die Zwei-Millionen-Euro-Uhr von Fourtier an ihrem Handgelenk wird perfekt in Szene gesetzt. Die Gäste sind elegant gekleidet, der Saal ist im Jahrmarkt-Stil der 1920er dekoriert. Der Launch scheint unter einem guten Stern zu stehen. Und Sylvie denkt das offenbar auch. Sie sieht toll aus in ihrem grünen Kleid. Sie strahlt. Die Aussicht auf ihren Urlaub mit Antoine auf St. Barths ist daran sicher nicht ganz unschuldig. Julien, der Gerüchtekönig, hat mir ihre Reisepläne verraten.

»Brooklyn trägt Pierre Cadault?«, fragt sie mit einem winzigen Lächeln im Mundwinkel.

»Absolut«, bestätige ich. »Das war meine Idee. Wir machen eine Cross-Promo mit beiden Marken in den sozialen Medien.«

Ich hebe die Hand zum High Five, doch Sylvie schlägt nicht ein. Aber immerhin, sie hat gelächelt!

Jetzt muss ich die Verzichtserklärung für die Versicherung der teuren Armbanduhr unterschreiben. Und dann kommt Antoine herein, in Begleitung seiner Frau Catherine. Oh, oh, ich glaube, damit hat Sylvie nicht gerechnet. Ich gehe schnell zu ihr, um sie zu warnen. Sie steht mit dem Rücken zum Eingang und redet mit anderen Gästen.

»Antoine ist hier«, flüstere ich ihr zu. »Mit seiner Frau.«

»Ja, sie stehen auf der Gästeliste«, antwortet sie trocken. »Haben Sie ein Problem damit? Ich sagte doch, Sie sollen mich nicht mit dummen Fragen nerven. Machen Sie einfach Ihren Job, Emily!«

Ich wollte doch nur nett sein.

Aber ich bin ja gehorsam, also suche ich Brooklyn, um ihre Rede mit ihr durchzugehen. Und da taucht Gabriel auf.

»Aufgepasst!«, ruft Brooklyn. »Der heißeste Typ des Abends kommt zu uns. Sind meine Titten okay?«

»Äh, ja, sitzen perfekt«, antworte ich verdutzt. »Gabriel, darf ich dir Brooklyn Clark vorstellen?«

»*Enchanté*«, begrüßt er sie.

»Bleib cool«, antwortet sie kokett.

Äh, das war nur eine Floskel! Ich möchte, dass sie sich auf ihre Rede konzentriert, aber sie kanzelt mich ab und lässt uns stehen, ohne einen Blick in die Notizen geworfen zu haben. Langsam wird mir klar, warum Sylvie froh war, mich als »Babysitterin« abzustellen.

Aber die Party läuft super, die Gäste haben viel Spaß mit dem Karussell. Ich rede weiter mit Gabriel, als Antoine auf uns zukommt.

»Schnell, leg den Arm um mich«, murmele ich Gabriel zu.

Die Leute sollen denken, wir seien ein Paar, vor allem Antoine und Sylvie. Ich habe keine Lust, wieder Dessous geschenkt zu bekommen und eine erneute Eifersuchtsszene von Sylvie ertragen zu müssen. Davon abgesehen ist es auch nicht unangenehm, das vorzuspielen. Gabriel legt mir den Arm um die Taille, ich schmiege mich ein wenig an ihn. Alles nur für meine Rolle, versteht sich!

»Sie sehen hinreißend aus«, sagt Antoine und begrüßt mich mit Wangenkuss.

»Vielen Dank«, antworte ich. »Gabriel kennen Sie noch?«

»Ja, natürlich, der Koch aus dem Restaurant. Ein denkwürdiges Essen.«

Sylvie und Catherine gesellen sich zu uns. Sie diskutieren über einen Rabatt für eine Fourtier-Uhr. Catherine möchte sie sich von ihrem Mann schenken lassen.

»Was hältst du von Roségold?«, fragt sie ihn.

»Es schmeichelt ihrem Teint«, stimmt Sylvie ein. »Die Uhr ist wunderschön. Du musst sie ihr kaufen.«

Die Situation bereitet mir Unbehagen. Wie kann Sylvie so eine Show abziehen? Es ist mir ein Rätsel. Ja, sie hat Gefühle für Antoine, aber diese ständigen Lügen? Ich könnte so eine komplizierte Beziehung nicht ertragen.

»Oh, Chefkoch Gabriel«, ruft Sylvie aus, als sie ihn erkennt. »Sie sind unvergessen!«

»Ihr wart alle zusammen bei diesem Dinner?«, fragt Catherine erstaunt.

»Ja, es war ein Geschäftsessen«, erklärt Antoine. »Sein Kalbstartar hat den Deal besiegelt.«

Und seine Versöhnung mit Sylvie. Aber das behält Antoine natürlich für sich.

»Dann sollten wir beide auch bald mal zu Ihnen ins Restaurant kommen«, sagt Catherine zu Gabriel und wendet sich dann an ihren Mann. »Vielleicht nach unserem Urlaub?«

»Welcher Urlaub denn, *chérie*?«

Sie hakt sich bei ihm ein.

»Antoine glaubt, er sei gut darin, Geheimnisse zu bewahren. Aber seine Sekretärin hat mir aus Versehen die Buchungsmail weitergeleitet. Er überrascht mich nächste Woche mit einer Reise nach St. Barths.«

Jetzt verspüre ich nicht mehr nur Unbehagen, sondern auch Mitleid. Für Sylvie. Diese zwingt sich, gute Miene zum bösen Spiel zu machen, während sie sich

innerlich von ihrem romantischen Urlaub verabschiedet.

Nicht sie wird mit Antoine am Strand liegen und
die Sonne genießen ...

Luxusuhr auf der Flucht

Abgesehen von dem »St.-Barths-Vorfall« ist die Party ein großer Erfolg. Ich sehe, wie Sylvie draußen auf ein Taxi wartet. Sie steht etwas verloren da. Bestimmt ist sie schrecklich enttäuscht.

»Geht es Ihnen gut?«, frage ich.

»Ja, Emily, es geht mir gut«, antwortet sie.

Aber ihr trauriger, bitterer Blick sagt etwas anderes. Ich glaube, sie liebt Antoine wirklich.

»Ich weiß, dass diese Reise Ihnen sehr wichtig war. Es tut mir leid.«

»Sie wissen gar nichts«, sagt sie schroff und steigt ins Taxi.

Okaaay. Wütend ist sie auch. Da fährt eine andere Limousine an mir vorbei. Und darin sitzt Brooklyn Clark!

»*Bonsoir*, Eimerhut!«, ruft sie durchs offene Fenster.

Sie haut einfach ohne mich ab! Nicht zu fassen! In dem Moment kommt Gabriel zu mir.

»Mir ist gerade dieser verrückte Filmstar abhandengekommen«, klage ich. »Und mit ihr eine Zwei-Millionen-Euro-Uhr! Jetzt verliere ich bestimmt meinen Job. Ich wünschte, ich hätte meinen ›Eimerhut‹ zum Reinkotzen.«

»Ruf doch ihren Chauffeur an«, schlägt Gabriel sachlich vor.

Brillant! Dank des Chauffeurs finden wir Brooklyn in einem überfüllten Club mit laut wummernder Musik. Sie redet mit einem Kerl, der dann aber verschwindet. Brooklyn nötigt uns, etwas zu trinken, und dann tanzen wir. Das heißt, Gabriel und ich tanzen, während Brooklyn wie eine Besessene abgeht. Sie wirkt irgendwie seltsam. Also seltsamer als sonst.

»Alles in Ordnung?«, frage ich besorgt.

»Oh, ja, ich habe nur was zum Relaxen genommen. Siehst du? Ich bin voll relaxed. *Let's party!*«

Sie zappelt noch ein wenig auf der Tanzfläche herum und verschwindet dann auf die Toilette. Vermutlich sollte ich ihr folgen. Aber ich habe ein bisschen was getrunken. Und wir sind in Paris! Alles ist wunderbar. So wunderbar, dass ich Gabriel küsse. Laaange. Viel zu lang. Es ist so schön. Zu schön.

Plötzlich geht irgendwo in meinem Kopf eine Alarmglocke los. Fett und rot blinkt der Name »Camille« auf. Schnell weg hier!

Widerwillig löse ich mich von Gabriel.

»Sorry. Ich schicke Brooklyn eine SMS. Es ist zu gefährlich, hierzubleiben.«

Gefährlich für sie ... oder für mich? Auf meinem Telefon entdecke ich zig verpasste Anrufe von dem Fourtier-Versicherungsmann. Er sollte die Uhr direkt nach der Party zurückbekommen. So ein Mist! Mist! Mist!

Ich renne zu den Toiletten, aber da ist Brooklyn nicht. Auch an der Bar keine Spur von ihr.

Die Zwei-Millionen-Euro-Uhr hat sich aus dem Staub gemacht!

Cinderella-Syndrom

Mir bleibt nichts anderes übrig, als im Hotel auf Brooklyn zu warten, in der Hoffnung, dass sie unbeschadet dorthin zurückkehrt. Ich bestelle ein Uber, das einfach nicht kommen will. Macht der Fahrer eine Paris-Rundfahrt, oder was? Dann hat mein Ritter Gabriel eine bessere Idee. Wir schwingen uns auf sein stolzes Ross, äh, auf seinen Motorroller, und fahren durch die Nacht.

Mit all den Lichtern ist Paris noch schöner als sonst. Na ja, außerdem sitze ich ganz dicht an Gabriel. Ich lehne den Kopf an seinen Rücken und vergesse Brooklyn, die Uhr, Camille. Ich weiß, ich sollte es lassen, damit tue ich mir nur unnötig weh. Aber ich kann nicht widerstehen. Hätte ich eine gute Fee wie Cinderella, würde ich mir wünschen, dass diese Rollerfahrt niemals zu Ende geht.

Aber wir kommen leider viel zu schnell beim Hotel an. Ich verlange, Brooklyn zu sehen, aber der Rezeptionist – ein störrischer Esel – weigert sich, uns zu ihr zu lassen. Keine Chance. Er erinnert mich an Claudette, die starrköpfige Blumenhändlerin.

Gabriel schlägt vor, dass wir an der Bar warten.

»Du hast dir nichts vorzuwerfen, Emily«, tröstet er mich, während wir unsere Drinks schlürfen. »Sie hat sich heimlich davongemacht. Jetzt musst du nur noch auf sie warten. Alles wird gut, mach dir keine Sorgen.«

»Aber so bin ich nicht. Ich bin zuverlässig. Heute habe ich lauter falsche Entscheidungen getroffen.«

In Bezug auf die Uhr, in Bezug auf Gabriel. Ich hätte ihn nicht zu dieser Party einladen dürfen. Ich hätte ihn nicht küssen dürfen. Und ich dürfte nicht hier mit ihm sitzen und ihn anhimmeln.

»Du bist nicht die Einzige, die Entscheidungen trifft.«

»Vielleicht. Aber ich bin die, die morgen gefeuert wird.«

Und die, deren Herz zerbrechen wird …

»Es ist nicht unbedingt schlimm, seinen Job zu verlieren. Du könntest eine Weltreise machen. Exotisches Essen genießen. Dich verlieben …«

Dafür muss ich keine Weltreise machen. Es reicht völlig, dem Mann in die Augen zu schauen, der mir gerade gegenübersitzt.

»Gut, aber dann musst du mich in deinem Restaurant durchfüttern.«

»Ich werde kein Restaurant haben.«

»Du kannst doch die Hilfe von Camilles Familie annehmen.«

Er sieht mich an, als hätte ich etwas völlig Hirnrissiges gesagt. Warum stellt er sich so an? Es ist doch nur ein Kredit. Und damit könnte er seinen Traum verwirklichen.

»Wenn ich dieses Geld annehme, gehöre ich ihnen«, wendet er ein. »Aber ich will niemandem gehören. Auch wenn das heißt, dass ich meine Zukunftspläne vorerst auf Eis legen muss.«

In diesem Moment brummt mein Handy. Es ist Sylvie.

»Emily, warum klingeln die Fourtier-Leute um zwei Uhr morgens bei mir Sturm und bombardieren mich mit Fragen nach Brooklyn Clark und der Zwei-Millionen-Euro-Uhr?«

»Ich habe das unter Kontrolle«, behaupte ich.

»Ja, das sehe ich.«

Ertappt sehe ich mich um. Oh nein, Sylvie ist hier, im Hotel! Ich erkläre ihr, was passiert ist, während wir zur Rezeption eilen.

»Wir müssen in ein Zimmer, und Sie wissen genau, in welches«, verlangt sie energisch.

»Ich würde Ihnen wirklich gerne helfen«, gibt der Rezeptionist vor. »Aber wie ich Ihrer Kollegin bereits mitgeteilt habe, ist die Privatsphäre unserer Gäste ...«

»Ich weiß«, unterbricht Sylvie ihn. »Aber Brooklyn

Clark könnte jetzt tot in ihrem Zimmer liegen. Und wenn ein weltbekannter Filmstar aus Amerika mit vierzehn Millionen Instagram-Followern hier stirbt, was wären dann wohl die Konsequenzen für dieses Hotel?«

Selbst das fruchtet nicht. Der Mann hat bestimmt bei meiner Blumenhändlerin einen Kurs in Starrköpfigkeit belegt.

»Sie übertreiben.«

»Möglich. Aber wenn ich recht hätte, wäre Ihr Image dauerhaft beschädigt. Ist Ihnen Ihr Job so wichtig, dass Sie bereit sind, dafür ein Leben zu opfern? Befürchten Sie nicht, dass Sie das Ihr Leben lang verfolgen wird?«

Jetzt seufzt er ergeben. Endlich! Wir folgen ihm nach oben, und als wir vor der Tür stehen, reißt Sylvie ihm die Schlüsselkarte aus der Hand und öffnet die Tür, ohne anzuklopfen. Brooklyn ist in ihrem Bett zugange, mit dem Kerl aus dem Club.

»Hey, ihr könnt nicht einfach so in mein Zimmer kommen«, kreischt sie. »Ich rufe meinen Anwalt an.«

Sylvie holt die Armbanduhr vom Nachttisch.

»Ich hätte sie zurückgebracht«, sagt Brooklyn ein wenig kleinlaut.

Währenddessen fällt mir ein interessantes Stillleben ins Auge: Brooklyns Kleid liegt auf dem Boden, zwischen einem vollen Aschenbecher, einem Parfümfläschchen, einer leeren Gin-Flasche, einem Champagnerglas und einem Paar goldener Sandalen. Als hätte es jemand absichtlich so kunstvoll drapiert. Ein tolles Motiv für die Marke Pierre Cadault! Gewagt und modern, aber nicht vulgär. Genau das, was ich brauche.

»Poste nicht meine Titten!«, herrscht Brooklyn mich an.

Die Gute scheint von ihren Brüsten besessen zu sein.

»Tu ich nicht«, antworte ich.

»Warte, Eimerhut!«, brüllt sie mir hinterher.

Und ich brülle noch lauter:

»Nenn mich nicht Eimerhut!«

Das war's, ich habe die Nase voll von dieser Diva und ihren Sperenzchen! Auf der Leinwand ist sie mir echt lieber.

Cinderella will den ganzen Crêpe

Sylvie und ich fahren zusammen im Hotelaufzug nach unten. Ich schaue sie bewundernd an. Es war großartig, wie sie den Rezeptionisten gefügig gemacht hat. Wenn mir das doch bloß auch mit Claudette gelingen würde! Ich würde sie zwingen, mir immer nur die allerschönsten Rosen zu verkaufen.

»Sylvie, das war beeindruckend. Sie lassen sich von niemandem auf der Nase herumtanzen. Es war genial.«

»Ich musste wohl etwas Dampf ablassen.«

Das mit St. Barths hat sie offensichtlich sehr aufgewühlt. Ich würde sie gern fragen, warum sie bei Antoine bleibt, wo sie doch jeden haben könnte. Und zwar zu hundert Prozent, nicht nur zur Hälfte. Sie ist schön, intelligent, stark.

Also, warum? Warum leidet sie freiwillig so?

»Sind Sie glücklich mit ihm?«, frage ich.

»Glauben Sie wirklich, dass die Menschen überwiegend glücklich sind?«, fragt sie zurück und mustert mich eingehend. »Ja, natürlich glauben Sie das.«

»Ich glaube nur, dass Sie mehr haben könnten, mehr als fünfzig Prozent von ...«

Sie fährt mir sanft mit der Hand durchs Haar.

»Sie glauben an Happy Ends, oder? Sie glauben an den edlen Ritter auf dem weißen Pferd, der Sie rettet und mit Ihnen in den Sonnenuntergang reitet.«

Vor dem Hotel wartet Gabriel auf seinem Roller auf mich.

»Oh, ich verstehe, warum Sie daran glauben«, sagt Sylvie, bevor sie in ein Taxi steigt. »Gute Nacht, Prinzessin.«

Aber Gabriel ist nicht mein edler Ritter. Und er ist nicht mein Märchenprinz. Er gehört zu einer anderen. Und es gibt kein Märchen, in dem die Prinzessin ihren Prinzen mit einer anderen teilt.

Ich fühle mich wie Cinderella nach dem Ball. Der Traum löst sich auf. Die harte Realität ist zurück.

»Ich wollte mich vergewissern, dass du gut nach Hause kommst«, erklärt Gabriel. »Oder, falls du Hunger hast, könnten wir in Montmartre einen Crêpe essen. Das ist der beste Ort der Stadt, um den Sonnenaufgang zu beobachten. Falls du willst.«

»Falls ich will? Natürlich will ich! Aber ich will mehr als das. Ich will meinen Crêpe mit niemandem teilen. Ich will den ganzen Crêpe. Wir sollten uns nicht mehr sehen, Gabriel.«

Ich könnte nicht so leben wie Sylvie und mich mit

ein paar Crêpekrümeln zufriedengeben, die eine andere für mich übriglässt.

Der Moment ist gekommen, Cinderella muss ihrem supersexy Prinzen Lebewohl sagen, auf immer …

Camille weiß alles

Das Fourtier-Event hat zwei Konsequenzen, eine gute und eine schlechte.

Erstens schlägt das Foto von dem Kleid auf Instagram ein wie eine Bombe, und Mathieu Cadault ist begeistert. Es hat den gewünschten Effekt: Das Foto entstaubt das leicht angegilbte Image der Marke, ohne es zu verfälschen. Das ist die gute Nachricht.

Die schlechte ist, dass Camille mit mir reden will. Seit der Party versuche ich, ihr und Gabriel aus dem Weg zu gehen. Wenn ich die beiden im Treppenhaus höre, bleibe ich wie angewurzelt stehen und warte, bis sie weg sind, bevor ich rausgehe. Vielleicht weiß sie über die Küsse Bescheid? Der erste war entschuldbar. Ich wusste nicht, dass Gabriel mit ihr zusammen ist. Aber der zweite? Der ist absolut unverzeihlich! Wenn ich mit Gabriel allein bin, scheint mein Gehirn sich auszuschalten. Dann kann ich mich nicht mehr beherrschen. Ich sehe nur noch seine Augen, seine Lippen …

Ich bräuchte jemanden, der immer mit einem Eimer kaltem Wasser parat steht.

Mindy meint auch, dass ich für das Lunch mit Camille besser ein Restaurant aussuchen sollte, in dem es keine scharfen Messer gibt. Nur für den Fall der Fälle. Noch besser wäre wahrscheinlich, ich verlasse Paris auf Nimmerwiedersehen!

Aber nein, ich treffe Camille in dem von mir vorgeschlagenen Sushi-Restaurant – keine Messer, dank Mindys Rat.

»Ich möchte dich etwas fragen, es ist ein bisschen seltsam und auch etwas unangenehm«, beginnt Camille und sieht dabei in der Tat verlegen aus. »Ich habe schon mit Gabriel darüber gesprochen, und …«

Oh, nein! Nein, nein! Wie ist sie bloß dahintergekommen? Sie weiß alles, ganz klar! Sie weiß, dass ich ihren Freund geküsst habe, und zwar nicht nur ein-, sondern sogar zweimal! Und dass ich es sofort wieder tun würde, wenn ich ihm begegne. Ich unterbreche sie lieber schnell.

»Was hat er denn gesagt?«

»Er meint, ich soll dich lieber nicht fragen «

»Tja, dann solltest du vielleicht auf ihn hören?«

Ja, genau, es ist nichts passiert. Vergessen sind die sehnsüchtigen Küsse. Tun wir so, als hätte es sie nie gegeben.

Camille sieht mich ernst an.

»Ich möchte, dass du ganz ehrlich zu mir bist.«

Was? Ich soll ihr gestehen, dass ich in ihren Freund verliebt bin? Dass er mich anzieht wie ein Magnet? Dass ich eine furchtbare Freundin bin, die sich an Camilles Freund ranschmeißt, sobald sie mal nicht hinguckt? Aber ja, so ist es! Wir können den Prozess abkürzen. Ich bin all dieser Vergehen schuldig.

»Gut, sag, was du zu sagen hast. Ich höre.«

»Meinst du, es wäre möglich, dass Savoir das Marketing für den Champagner meiner Familie übernimmt?«, fragt sie zögernd.

Ich bin so erleichtert, dass ich fast vom Stuhl kippe. Das ist die wichtige Sache, über die sie reden wollte?

»Ich weiß, wir sind viel kleiner als eure anderen Luxuskunden«, fährt sie fort, während ich um Worte ringe.

»*Oh my God!* Ja, natürlich!«, platzt es schließlich aus mir heraus.

»Super!«

Camille erzählt, dass sie und ihr Bruder ihre Mutter bereits davon überzeugt hatten, eine Marketingfirma zu engagieren, dass aber der erste Versuch danebengegangen ist.

»Danach hat sie die Sache fallen gelassen. Es geht um ihr Familienerbe, deshalb ist sie sehr vorsichtig«, erklärt Camille. »Aber ich dachte mir, da wir ja Freundinnen sind …«

»Ja, das stimmt. Das sind wir. Wir sind Freundin-nen!«

Oh, war das jetzt vielleicht übertrieben? Zum Glück merkt Camille nichts.

»Cool, dann komm am Wochenende mit mir zum *Château*. Es wäre super, wenn *Maman* dich kennen-lernt und du ihr deine Ideen präsentierst. Außerdem muss ich sonst ganz alleine fahren.«

»Kommt Gabriel nicht mit?«, frage ich.

»Nein, er muss arbeiten. Und er ist immer noch sauer, weil ich meine Mutter gebeten habe, ihm Geld zu leihen. Er schlägt jede Hilfe aus. Er ist so stur!«

Ich kann ihn verstehen. Er möchte seinen Lebens-traum aus eigener Kraft verwirklichen. Aber ich möchte nicht mehr an Gabriel denken. Nie mehr.

Und am Wochenende besuche ich ein Schloss und schwelge im Luxus!

Dr. Sylvies Diagnose

Am Nachmittag berufe ich meine Kollegen zu einem kleinen Meeting ein. Ich muss Sylvie davon überzeugen, den Lalisse-Champagner unter Vertrag zu nehmen. Als ich den Namen ausspreche, schwant mir, dass das nicht einfach wird.

»Nie gehört«, sagt sie. »Können sie es sich leisten? Wie hoch war ihr Umsatz im letzten Jahr?«

»Das weiß ich noch nicht«, gebe ich zu.

»Der Champagnermarkt ist ziemlich gesättigt«, sagt Luc. »Worin besteht ihre Markenidentität?«

»Äh …«, stammele ich. »Keine Ahnung.«

Sylvie lässt die Broschüre des Weinguts auf den Tisch fallen. Als Camille mich um diesen Gefallen gebeten hat, habe ich nicht nachgedacht. Ich war so erleichtert, dass sie nichts von den Küssen weiß. Und außerdem, sie ist so nett. Wie hätte ich ihr diesen Wunsch abschlagen können? Aber das sind beides keine sehr professionellen Gründe. Ich hätte ihr Fragen stellen und ein Dossier vorbereiten sollen.

»Okay, was wissen Sie denn über sie?«, fragt Sylvie.

»Das Unternehmen gehört den Eltern einer Freundin von mir. Sie wünscht sich, dass wir sie vertreten.«

Julien runzelt ungläubig die Stirn.

»Woher kennst du denn eine Champagnererbin?«

»Sie ist mit meinem Freund zusammen. Äh, mit meinem Nachbarn, Gabriel.«

»Ah, der, mit dem Sie nach der Fourtier-Party nach Hause gefahren sind!«, ruft Sylvie.

Was will sie mir unterstellen? Dass ich mit Gabriel geschlafen habe und jetzt seiner Freundin helfen will, um mein Gewissen zu beruhigen?

»Ich bin nicht mit ihm nach Hause gefahren«, versichere ich.

Sylvie wendet sich an Luc.

»Der Koch vom *Zimmer*-Dinner«, erklärt sie.

»Ah, Emilys Lover!«

»Nein, sie ist nur in ihn verknallt«, berichtigt Julien.

Können die mal aufhören, mein Liebesleben zu besprechen? Also, mein Leben, meine ich.

»Sie besuchen das *Château* seiner Freundin, um ihre Familie kennenzulernen?«, fährt Sylvie fort.

»Nein, ich besuche einen potenziellen Kunden«, widerspreche ich. Sie wollen mir wohl nicht glauben. »Aber ich kann ihr auch sagen, dass Savoir nicht interessiert ist.«

»Sie machen Ihre geschäftlichen Entscheidungen also von Ihrem Sexleben abhängig?«

»Wir hatten nie Sex!«, rufe ich verzweifelt.

Die drei sehen mich mit großen Augen an.

»Vielleicht sollten Sie das nachholen«, rät Sylvie mir ernsthaft. »Sie wirken angespannt.«

Vielen Dank für die Diagnose, Dr. Sylvie.

Taube Pobacken

Die Woche vergeht wie im Flug, und schon ist Samstag. Ich freue mich auf Camilles *Château* und ihre Familie. Das Wochenende wird bestimmt toll. Sie wartet vor dem Haus auf mich, in ihrem kleinen roten Cabrio. Ein schicker Zweisitzer.

»Es wird ein bisschen eng mit uns allen«, sagt Camille.

Wieso »mit uns allen«? Ah, Gabriel kommt doch mit. Was für eine wunderbare Überraschung. Ich glaube, ich bin verflucht! Und mein Glücksstern schläft.

»Er hat endlich ein Wochenende frei bekommen«, erzählt Camille.

Klar, ausgerechnet das Wochenende, an dem Camille mich eingeladen hat. Langsam frage ich mich, ob er das mit Absicht macht. Aber dieses Mal werde ich nicht schwach. Mein Herz ist aus Stein, nichts kann mich erschüttern, nicht sein umwerfender Charme, seine funkelnden Augen, sein hinreißendes Lächeln …

Herz aus Stein.

»Hey«, sagt er. »Lange nicht gesehen.«

Ach, was. Ich bin gut im Versteckspielen.

»Los, steigt ein!«, fordert Camille uns auf.

Ich muss auf Gabriels Schoß sitzen und traue mich die ganze Fahrt über nicht, mich zu bewegen. Das führt dazu, dass mein Hintern einschläft. Meine Pobacken sind schließlich vollkommen taub.

Aber das ist sicher besser so.

Mein Hintern ist aus Stein.

Genau wie mein Herz.

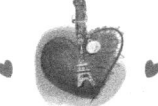

Gabriel kocht ... innerlich

Als wir endlich da sind, springe ich sofort aus dem Auto. Keine Sekunde länger ertrage ich Gabriels Duft und seine starken Muskeln! Jede Folter muss einmal ein Ende haben.

»Was muss ich wissen?«, frage ich Camille. »Warum wollte deine Mutter die andere Agentur nicht?«

»Sie lässt nicht gern Fremde an sich heran«, antwortet Gabriel.

»Das stimmt nicht«, sagt Camille. »Sie wird dich mögen, Emily. Und mein Bruder sicher auch. Wahrscheinlich kommt er dieses Wochenende auch vorbei. Er ist bald mit seinem Wirtschaftsstudium fertig. Er wird dir gefallen. Meine Mutter möchte, dass wir irgendwann das Geschäft übernehmen.«

Gabriel holt genervt das Gepäck aus dem Kofferraum.

»Ah, mit *Mamans* Segen also?«

»Hör auf. Sie wollte dein Restaurant finanzieren. Du hast abgelehnt. Also sei nett zu ihr.«

Das ist offenbar immer noch ein heikles Thema. Warum ist Gabriel so angespannt? Liegt das nur an der Sache mit dem Kredit?

Von außen sieht das Schlösschen märchenhaft aus. Und drinnen bin ich völlig überwältigt. Es ist wie eine Zeitreise. Camilles Mutter, Isabelle, begrüßt uns.

»Sie müssen Emily sein, richtig?«

Sie schüttelt mir die Hand. Dann küsst sie Gabriel und sagt irgendwas auf Französisch. Ich bin nicht ganz sicher, aber ich glaube, sie hat Gabriel zum Markt geschickt. Als wäre er ihr Angestellter. Das ist ja ein freundlicher Empfang. Gabriel sieht jedenfalls recht gereizt aus. Ich glaube, ich verstehe langsam, was hier los ist. Für diese Familie ist er ein unbedeutender kleiner Hilfskoch. Sprich ein Mann, der ihrer Camille und deren Abstammung nicht würdig ist. Vielleicht wollten sie deshalb das Restaurant für ihn kaufen. »Restaurantinhaber«, das klingt in diesen Kreisen sicher besser als: »Mein Schwiegersohn steht am Herd.«

Finger weg!

Isabelle hat mir vorgeschlagen, an einer Weingut-
führung teilzunehmen, und Gabriel zeigt mir, wo die
Fahrräder stehen. Ich könnte natürlich mit ihm zum
Markt fahren. Wir wären allein. Vielleicht könnten wir
uns sogar hinter einem Marktstand näherkommen …
Nein, stopp! Ich will nicht mehr mit ihm allein sein!

»Du kommst nicht mit?«, fragt er enttäuscht.

»Auf eine romantische Fahrradtour zu einem idyl-
lischen Bauernmarkt? Super Idee. Warum treiben wir
es nicht gleich in der Scheune?«

»Es gibt hier keine Scheune. Aber der Weinkeller ist
recht gemütlich.«

Ich finde das überhaupt nicht witzig. Wieso bin ich
die Einzige, die gegen die Anziehung zwischen uns
ankämpft? Schließlich ist *er* doch mit Camille zusammen. Also sollte er alles tun, um nicht schwach zu werden, oder? Stattdessen infiltriert er meinen Wochen-
endtrip in die Champagne und lädt mich zu einem
Ausflug in trauter Zweisamkeit ein.

Worauf hat er es bitte abgesehen? Darauf, dass ich mich ungehemmt auf ihn stürze? Herzlichen Glückwunsch, das hat er bald geschafft.

»Das war ein Scherz«, sagt er angesichts meiner Verärgerung. »Du gehst mir seit einer Woche aus dem Weg, und jetzt machst du mir eine Szene. Wir gehen doch einfach nur auf den Markt. Meinst du wirklich, wir können die Finger nicht voneinander lassen?«

Ich nehme mein Fahrrad und gehe los. Ihm ist aufgefallen, dass ich ihm aus dem Weg gehe ... Nein, ich muss dieses freudige Stimmchen in meinem Kopf zum Schweigen bringen. Gabriel ist mit Camille zusammen. Punkt. Auch wenn er mich vermisst hat, hat das absolut nichts zu bedeuten.

»Wir sollten unsere Finger besser gar nicht erst in Versuchung führen.«

»Du übertreibst. Wir können Freunde bleiben.«

»Nein. Das können wir nicht! Das siehst du doch!«

»Also reden wir nicht mehr miteinander? Und was sagen wir Camille?«

»Wir sagen Camille gar nichts. Wir sind einfach freundlich.«

Aber keine Freunde. Oder sonst irgendetwas. Er geht auf den Markt. Ich besichtige das Weingut.

Und alle Finger bleiben schön da, wo sie hingehören.

Ganz einfach.

Viele Umdrehungen

Ich muss Gabriel vergessen und mich auf das Hauptziel dieses Wochenendes konzentrieren, die Arbeit. Ein junger Mann führt uns, eine englische Touristengruppe und mich, durch die Kellergewölbe des Weinguts. Ich höre aufmerksam zu. Für eine erfolgreiche Vermarktung zählt jedes Detail, und ich möchte gern mehr über die Champagnerherstellung erfahren.

»Und das bringt uns zur heikelsten Phase des Prozesses: die Remuage«, erklärt der Guide. »Jede Flasche wird jeden Tag um neunzig Grad gedreht, damit es keinen Bodensatz gibt. Ein professioneller Remueur dreht täglich Zehntausende Flaschen.«

Nach diesen Erläuterungen machen wir ein kleines Spiel: Wer hat als Erster alle Flaschen in seinem Gestell um ein Viertel gedreht? Und ich gewinne! Ich bin die Königin der Umdrehungen!

»Glückwunsch, Sie haben das erste Glas gewonnen!«

Der Guide schenkt mir Champagner ein, und

ich leere das Glas in einem Zug. Sehr gut! Das ist bestimmt ein erlesener Grand Cru, auch wenn ich davon rein gar nichts verstehe.

»Eigentlich kostet man nur ein Schlückchen«, sagt eine der Touristinnen.

Nach der Auseinandersetzung mit Gabriel war mir nach mehr als nur einem Schlückchen. Aber jetzt habe ich mich vor versammelter Mannschaft blamiert.

Doch unser Guide ist höchst charmant und verteidigt mich.

»Das macht nichts. Wir setzen die Verkostung nebenan fort.«

Die anderen gehen voran, und ich bleibe mit ihm zurück. Er ist ziemlich schnuckelig. Und sehr nett.

»Tut mir leid«, entschuldige ich mich noch einmal.

»Ach, Sie haben ja schließlich für die Führung bezahlt.«

»Ähm, eigentlich nicht«, gestehe ich. »Das Gut gehört den Eltern meiner Freundin.«

»Ah, du bist die Freundin meiner Schwester?«, sagt er mit einem strahlenden Lächeln.

»Emily«, sage ich und schüttele ihm die Hand. »Und du bist also Camilles Bruder?«

»Ja. Timothée.«

Wie er mich anlächelt ... Dieses Lächeln und Champagner, genau das habe ich gebraucht. Ein freundliches Gesicht. Ein verführerisches Gesicht, das mich das eines anderen vergessen lässt.

»Dann übernimmst du also bald das Geschäft?«

»Ja, vielleicht irgendwann«, bestätigt er. »Seit ich mit dem Collège fertig bin, bin ich am Wochenende immer hier.«

Wenn ich mehr Champagner möchte, soll ich ihn einfach antippen. Und wenn ich etwas anderes möchte? Funktioniert das mit dem Antippen dann auch?

Das kommt davon ...

Die Stimmung beim Abendessen mit der Familie ist angespannt. Gabriels Essen ist mal wieder köstlich. So köstlich, dass Isabelle ihn fragt, warum er kein eigenes Restaurant eröffnet. Er sagt, das würde er schon noch tun, eines Tages. Und Isabelle ist eingeschnappt, weil er ihre Hilfe ablehnt. Ich komme nicht mal dazu, über das Geschäftliche zu reden, denn offenbar tut man das bei Tisch nicht.

Ich bin froh, als das Essen vorbei ist und ich mich in mein Zimmer zurückziehen kann, um mit Mindy zu texten. Sie verbringt das Wochenende mit einigen Freundinnen, die für einen Junggesellinnenabschied extra aus China gekommen sind. Bisher hat sie sich noch nicht getraut, ihnen zu sagen, dass sie als Nanny arbeitet, statt zu studieren. Mindy lädt mich ein, per Livestream einer Überraschung beizuwohnen, die eine ihrer Freundinnen geplant hat.

Was sie nicht wusste, ist, dass sie diejenige ist, die überrascht wird! Ihre Freundinnen haben ihr eine

Falle gestellt und sie auf die Bühne eines glamourösen Nachtclubs gelotst. Und sie singt! Sie singt den Song, den sie bei der Castingshow vergeigt hat. Aber dieses Mal vergeigt sie ihn nicht. Ihre Vorstellung ist einfach göttlich. Das Publikum feuert sie an, und um den Erfolg zu feiern, lassen ihre Freundinnen die Korken knallen und bespritzen sie mit Champagner.

Während ich noch dem Jubel lausche, höre ich plötzlich Stimmen von nebenan. Isabelle und Camille streiten sich. Ich höre den Namen »Gabriel« heraus.

Auch wenn man in einem Schloss lebt, ist das Leben wohl kein Märchen.

Viel lieber wäre ich jetzt in Paris, bei Mindy. Ich freue mich so für sie! Und ich bin stolz auf sie. Stattdessen sitze ich in diesem Schloss, wo sich alle nur streiten und ich mich außerdem mit dem SSN herumschlagen muss.

Ich gehe raus zum Pool und sehe mir das Video von Mindy in Dauerschleife an. Das tut gut.

Da kommt Timothée mit zwei Gläsern und einer Flasche Champagner.

»Ich habe mich schon gefragt, wo du dich versteckst.«

»Ich verstecke mich nicht. Ich konnte nur nicht schlafen.«

»Wie wär's mit einem Gläschen?«

Klar, immer her mit dem exquisiten Elixier! Timothée sagt, dass er ein Motorrad hat und dass wir einfach abhauen könnten. So süß! Ich erzähle ihm von Chicago, dass ich einen netten Freund hatte, einen netten Job, nette Freunde. Aber alles war durchgeplant. Es gab keine Entscheidungen mehr zu treffen, nicht mal falsche. Ich wollte kein Leben, in dem alles vorprogrammiert ist und in dem es keine Überraschungen mehr gibt. Tja, Überraschungen habe ich jetzt mehr als genug.

Es ist schön, mit Timothée über all das zu reden.

Und er lächelt so sanft, also tippe ich ihm an die Schulter, damit er mir noch mal Champagner nachschenkt …

… wenn man es mit dem Antippen übertreibt

Am nächsten Morgen erwache ich mit einem gewaltigen Kater. Vielleicht habe ich Timothée einmal zu viel angetippt. Und, na ja, es ist nicht beim Antippen geblieben, als wir zusammen in meinem Bett gelandet sind. Noch ziemlich benebelt gehe ich runter auf die Terrasse, wo Camille mit ihren Eltern und einem mir unbekannten Mann beim Frühstück sitzt.

»Emily!«, begrüßt mich Camille. »Das ist Théo.«

»Freut mich, dich kennenzulernen«, sagt der so Vorgestellte. »Camille spricht in den höchsten Tönen von dir.«

»Arbeitest du auch hier?«, frage ich.

»Nein, nein«, sagt Camille. »Das ist mein Bruder, von dem ich dir erzählt habe.«

Wie bitte? Ich habe mich wohl verhört. Oder es sind die Nachwirkungen des Champagners. Meine Synapsen haben sich falsch verbunden, weil sie noch im Blubberbad schwimmen.

»Moment, ich dachte, ich hätte deinen Bruder gestern kennengelernt. Bei der Führung, und auch beim Abendessen.«

»Das war Timothée. Er ist erst siebzehn.«

Ich bin völlig perplex. Er hat doch gesagt, er sei mit dem Collège fertig. So jung schließt doch niemand sein Studium ab. Théo erklärt, dass das »collège« in Frankreich nicht dem »college« in den USA entspricht, sondern der Junior High.

Wer hat sich das denn ausgedacht? Französisch ist so verwirrend!

Kurz darauf taucht Timothée auf und gibt mir einen Kuss. Vor seiner Familie! Wie hätte ich denn wissen sollen, dass er erst siebzehn ist? Er wirkt so erwachsen. Ich habe mich in meinem ganzen Leben noch nie so geschämt. Gabriel kommt und macht sofort wieder kehrt, als er die Situation erfasst. Dabei ist es ja wohl seine Schuld, dass ich den Erstbesten ein bisschen zu oft angetippt habe!

Camille scheint die ganze Sache sehr zu amüsieren, ihre Mutter allerdings weniger. Die zitiert mich sofort in ihr Büro.

»Ich wusste nicht, dass er so jung ist«, sage ich zu meiner Verteidigung. »Camille hatte nur gesagt, ihr Bruder kommt. Und er war ein echter Experte in Sachen Champagner.«

»Halten Sie mal eine Minute den Mund«, befiehlt

sie. »Das interessiert mich alles nicht. Ich möchte wissen, wie mein Jüngster sich geschlagen hat.«

Mir wird heiß und kalt, ich stehe kurz vor einer Ohnmacht. Dann durchfährt mich ein schrecklicher Gedanke. *Oh my God!* Ich bin eine Cougar!

»Sagen Sie nicht, dass das sein erstes Mal war«, rufe ich entsetzt aus.

»Du liebe Güte, hatten Sie diesen Eindruck?«

Ich kann nicht fassen, dass wir gerade darüber sprechen, wie ich die Nacht mit ihrem Sohn verbracht habe. Es ist schrecklich peinlich.

»*What?* Nein, nein. Er war sehr sanft. Und liebevoll.«

Zum Glück will sie nicht noch mehr Details und scheint auch nicht sauer zu sein. Ich komme sogar dazu, ihr meinen Vorschlag für ihren Champagnerüberschuss zu unterbreiten. Statt das edle Elixier in den Ausguss zu kippen, kann man es ebenso gut zum Verspritzen verwenden. Zu diesem Zweck könnten wir den Lalisse-Champagner unter einem anderen Namen vermarkten.

Mindy und ihre Freundinnen haben mich auf diese Idee gebracht. Und Isabelle scheint nicht ganz abgeneigt zu sein. Sie will darüber nachdenken.

So war dieser Wochenendausflug wenigstens kein kompletter Reinfall.

Kein Glück in der Liebe

Wie sagt man so schön? »Pech im Spiel, Glück in der Liebe.« Oder andersrum? Na, ich habe jedenfalls definitiv kein Glück in der Liebe. Seit ich in Paris bin, haben sich sämtliche Liebesgötter gegen mich verschworen – von meinem Glücksstern ganz zu schweigen.

Erst macht mein Freund mit mir Schluss, dann verliebe ich mich in einen Mann, der schon vergeben ist, flüchte mich deshalb in die Arme eines snobistischen Arschlochs, nur um kurz darauf einen minderjährigen Jüngling zu verführen.

Ich sage: STOPP! Das reicht.

Zum Glück läuft es wenigstens im Job ganz gut.

Erstens hat meine Idee mit den Champagnerduschen Sylvie gefallen. Also, sagen wir, sie hat sie nicht sofort abgeschmettert – immerhin! Und Camille hat uns zu einer Vernissage im Marais eingeladen, wo das spritzige Getränk in Strömen fließen wird. Das sind gute Aussichten!

Und zweitens hat mich Judith von den »American Friends of the Louvre« kontaktiert. Sie folgt mir auf Instagram und hat mich gebeten, für die nächste Wohltätigkeitsauktion ein Kleid von Pierre Cadault zu besorgen. Das wird ein Riesenevent, sprich, eine fantastische Gelegenheit, das Markenimage aufzuwerten! Zusätzlich freue ich mich, einer Landsfrau helfen zu können.

Da die Fashion Week näher rückt, arbeitet Pierre nonstop, aber sein Neffe Mathieu ist bereit, mich bei Camilles Vernissage zu treffen.

Hoch konzentriert und voller Hoffnung gehe ich am Abend in die Galerie. Es sind viele Gäste da, und wie versprochen können sich alle am exzellenten Lalisse-Champagner laben. In Maßen, was mich betrifft. Ich habe meine Lektion gelernt.

Camille trägt ein sehr elegantes Kleid aus bronzefarbenem Lamé. Sie ist genauso aufgeregt wie ich.

»Ich kann es kaum erwarten, endlich deine Chefin kennenzulernen. Nach dem, was du immer erzählst, muss sie ja ein wahrer Drachen sein.«

Da kommt Gabriel mit drei Champagnergläsern zu uns. Er hat sich heute für einen Bad-Boy-Look mit Lederjacke entschieden. Das steht ihm ausgezeichnet und lässt ihn unter den anderen Gästen hervorstechen. Ich habe so eine Ahnung, dass er das mit Absicht tut. Will er uns zeigen, dass er ein Rebell ist?

»Ich habe Sylvie schon kennengelernt«, bemerkt er. »Es geht, sie beißt nicht.«

Okay, sie beißt vielleicht nicht. Aber Drachen speien schließlich auch Feuer und sind an sich furchterregend. Sylvie kann einen schon mit einem einzigen Blick in die Flucht schlagen!

»Im Büro haben alle Angst vor ihr«, sage ich daher. Und wenn man vom Teufel spricht …

»Sylvie, Luc! Wie schön, dass Sie da sind. Das ist Camille.«

»*Enchantée*«, sagt Sylvie. »Schön, Sie kennenzulernen. Wir freuen uns darauf, den Champagner Ihrer Familie zu repräsentieren.«

In diesem Moment taucht Mathieu auf.

»Emily«, begrüßt er mich und haucht mir einen Kuss auf die Wange.

»Ah, der teure Mathieu Cadault beehrt uns mit seiner Anwesenheit«, stellt Sylvie fest.

»Emily hat mich eingeladen.«

»Das ist ja wie im Büro hier«, antwortet sie mit einem seltsamen Gesichtsausdruck.

Was denn? Ich kümmere mich heute um den Lalisse-Champagner, die Marke Pierre Cadault und die Louvre-Auktion. Da müsste Sylvie doch zufrieden sein, oder nicht? Aber wenn ich so darüber nachdenke, frage ich mich, ob Sylvie überhaupt jemals zufrieden ist. Camille präsentiert uns einige – für meinen Geschmack etwas zweifelhafte – Kunstwerke. Dann nimmt Sylvie Mathieu am Arm und führt ihn weg. Hey, ich habe ihn eingeladen!

»Was läuft da zwischen euch beiden?«, fragt Camille mich, als sie außer Hörweite sind.

»Zwischen wem?«, frage ich verwundert.

»Zwischen dir und Mathieu!«

»Gar nichts!«, sage ich bestimmt.

»Merkst du nicht, wie er dich ansieht?«

Nein, eigentlich nicht. Und selbst wenn, das wäre völlig irrelevant. Ich konzentriere mich jetzt auf meine Arbeit und auf nichts anderes. Verführerisch lächelnde Männer würdige ich keines Blickes. Ich sehe sie gar nicht. Sie sind wie ausradiert. Existieren nicht. Worüber habe ich gerade gesprochen? Ich habe den Faden verloren.

»Er ist ein Kunde.«

»Na und?«, sagt Camille enthusiastisch. »Er ist charmant, reich, und der Erbe von Pierre Cadault. In der Boulevardpresse sieht man ihn fast wöchentlich mit einem anderen Promi.«

Kurz gesagt, er ist ein Playboy. Ein Grund mehr, unser Verhältnis rein professionell zu halten.

»Emily, er ist perfekt für dich.« Camille lässt nicht locker.

»Weil er reich ist und mit Promis Party macht?«, fragt Gabriel spöttisch.

»Nein, weil er sehr talentiert ist und ihm alles gelingt, was er sich vornimmt«, antwortet sie gereizt.

»Wenn man nur den kleinen Finger heben muss, um mit Geld überschüttet zu werden, ist das nicht schwer«, gibt er zurück.

Geld und Liebe, das ist wie Erbsen und Möhren: Man darf sie nie, nie, nie mischen. Das Gleiche gilt für Liebe und Geschäft. Das sage ich mir jedenfalls, als Mathieu mich zum Essen einlädt.

Schon wieder Crêpes

Mathieu führt mich nicht in ein schickes Restaurant, sondern zu seinem Lieblingscrêpestand. Das überrascht und beruhigt mich zugleich. Nach Camilles Worten hatte ich befürchtet, er würde versuchen, mich mit einem lukullischen Menü mit mindestens fünf Gängen zu verführen. Stattdessen gibt es einen Crêpe auf die Hand, und wir schlendern durch eine hübsche Gasse. Und ich muss zugeben, es gefällt mir.

Ich versuche, nicht an den »anderen« Crêpe zu denken, den ich mit Gabriel nach unserer wilden Nacht mit Brooklyn Clark hätte verkosten können …

»Echt lecker. Witzig, dass jede Kultur ihren eigenen Pfannkuchen hat.«

»Sie werden ja wohl unsere hauchdünnen Crêpes nicht mit amerikanischen Pancakes vergleichen.« Mathieu tut empört. »Da gibt es keinen Zweifel, wir gewinnen!«

»Sie haben meine noch nicht probiert«, gebe ich zurück.

»Dann müssen Sie mir wohl mal einen backen.«

Ich muss schmunzeln. Hofft er, dass ich ihn zu mir einlade, um ihm … mein Rezept zu zeigen? Es kommt mir fast so vor. Zum Glück laufen wir gerade an einer Boutique vorbei, wo auf einem Bildschirm im Schaufenster ein Clip von zwei Typen in weißen Kapuzenanzügen gezeigt wird. Perfekt für einen Themenwechsel!

»Sehen Sie mal, das sind diese Designer, Grey Space. Sie bringen diese Hoodies in limitierter Auflage heraus, für neunhundert Euro.«

»Ah, ja, diese amerikanische Streetwear-Marke. Die haben eine Show auf der Fashion Week?«, fragt er erstaunt.

»Ja. Aber sie haben eine Methode: Sie sagen nie vorher, wo ihre Modenschau stattfindet. Deshalb wollen natürlich erst recht alle hin.«

Die Typen wissen echt, wie man auf sich aufmerksam macht. Und ich werde jetzt Mathieu auf meinen Plan aufmerksam machen. Schließlich habe ich ihn nicht zum Spaß eingeladen. Aber ich möchte ihn auch nicht mit einer überstürzten Anfrage vergraulen. Und da ich gern mehr über ihn erfahren möchte, lasse ich es langsam angehen. Er erzählt mir, dass er mit dreizehn zu seinem Onkel gezogen und nicht gerade in stabilen Verhältnissen aufgewachsen ist. Ganz anders als meine eigene langweilige Kindheit, wo ein Tag wie der andere war.

Danach komme ich zu meinem eigentlichen Anliegen.

»Der Verein ›American Friends of the Louvre‹ veranstaltet bald eine Wohltätigkeitsauktion, und die Leiterin hat mich gefragt, ob Pierre wohl ein Kleid spenden würde.«

»Ah, so läuft das!«, ruft Mathieu aus. »Wir bezahlen Ihnen ein horrendes Honorar, und dann wollen Sie auch noch Geschenke.«

Hm, wenn er es so sagt … Ich lächele verlegen. Aber der Hundeblick funktioniert!

»Gut, kommen Sie morgen im Atelier vorbei. Dann sehen wir, ob wir etwas Passendes dahaben.«

Yes!

Er verabschiedet sich mit einem galanten Handkuss und einem vielsagenden Lächeln, das bedeutet: »Bis bald, hoffentlich« und auch: »Ich mag dich.«

Okay, Camille hatte recht. Mathieu hat heute Abend nicht nur seinen Crêpe genossen, sondern auch mich mit den Augen verschlungen.

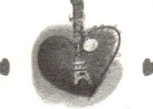

Judith hat nicht zu viel versprochen

Ich stürze mich kopfüber in die Arbeit, die nächsten Tage vergehen wie im Flug. Mathieu hat für die Auktion ein atemberaubend schönes Kleid gespendet. Und er hat mich nicht weiter umgarnt. Vielleicht habe ich mich doch getäuscht? Die Liste seiner Eroberungen ist jedenfalls sehr lang. Ja, ich habe mich im Internet über ihn schlaugemacht. Aber das war rein beruflich. Ich muss schließlich über meine Kunden Bescheid wissen.

Ich glaube, mein neues Lieblingssprichwort, »Pech in der Liebe, Glück im Job«, lässt sich auch auf Sylvie anwenden. Seit der vermasselten St.-Barths-Reise ignoriert sie Antoines Anrufe und sendet all seine Geschenke ungeöffnet zurück. Und ich dachte, ihre »Teilzeitbeziehung« würde ihr reichen. Aber sie scheint keine Lust mehr zu haben, ihren Crêpe mit Catherine zu teilen. Ein Crêpe ist ja schließlich auch für eine Person gedacht, nicht für zwei, oder? Wenn man anfängt, ihn zu zerstückeln, gibt es für niemanden genug.

Plötzlich ist schon der Tag der Auktion. Die Zeit rast nur so dahin! Der Saal mit den großen runden Tischen für die Gäste ist grandios. Judith hat nicht zu viel versprochen: Es wird eine Megashow!

»Hi, Judith!«, begrüße ich sie. »Der Saal ist einzigartig!«

»Ja, und alle großen Louvre-Freunde sind da. Sie warten nur auf das Kleid von Pierre Cadault!«

Sylvie kommt anstolziert. Sie sieht umwerfend aus, wie immer.

»*Enchantée*, Judith.«

»Oh, es ist eine Freude, Sie kennenzulernen, Sylvie. Emily hat viel von Ihnen erzählt. Und danke, dass Sie uns Emily ausgeliehen haben.«

»Wenn sie Ihnen so gefällt, können Sie sie gern für Ihre Dauerausstellung behalten«, antwortet Sylvie.

Ich werde diese spitze Bemerkung ihrer Trennung von Antoine zuschreiben. Genau, nur deshalb ist sie so.

Langsam trudeln die Gäste ein, darunter auch das Designerduo Grey Space. Sie tragen weiße Overalls und haben futuristisch anmutende Rucksäcke dabei. Judith hält sie für Kammerjäger. Ich kläre sie auf und stelle sie dann vor.

»Normalerweise falle *ich* mit meiner Kleidung aus dem Rahmen«, scherzt Judith. »Ich gehe in Yogapants und Cowboyshirt auf den Markt. Aber Ihr Look ist wirklich ein Knaller.«

»Danke«, sagt einer der Designer.

»Lassen Sie mich raten: *Ghostbusters*?«, vermute ich.

»Nein, das ist unsere Arbeitskleidung. Die Frühjahrskollektion.«

Dann erzählen sie, dass sie wegen des Pierre-Cadault-Kleides gekommen sind. Ich nutze die Gelegenheit und stelle Savoir vor und biete ihnen unsere Dienste an. Aber sie kümmern sich lieber selbst um ihr Marketing. Schade!

Auch Grey Space
hat nicht zu viel versprochen

Oh my God! Wie bin ich bloß hier gelandet? Ich stehe in Pierre Cadaults Kreation gekleidet auf der Bühne! Alles ging total schnell. Das ursprünglich gebuchte Model konnte nicht kommen, und so hat Mathieu entschieden, dass ich einspringen soll. Ich konnte gar nicht Nein sagen.

Das kurze weiße Kleid hat etwas von einem Origamivogel. Ich fühle mich leicht wie ein Täubchen oder ein Sommerwölkchen. Aber es ist mir auch etwas unangenehm. Alle Blicke sind auf mich gerichtet. Doch das gehört zum Spiel, und ich habe nur einen Wunsch: Die Gebote sollen in die Höhe schießen, für den guten Zweck und für Pierre, der extra zur Auktion gekommen ist.

»Das Eröffnungsgebot beträgt zehntausend Euro!«, verkündet der Auktionator.

Mit jeder gehobenen Hand steigt der Preis, er steigt

und steigt! Langsam entspanne ich mich. Wie versprochen bietet Grey Space mit, und schließlich bekommen sie den Zuschlag für die bescheidene Summe von … 38 000 Euro.

Unglaublich!

Pierre erhebt sich unter donnerndem Applaus. Er sieht so glücklich aus. Und dann kommen die beiden Designer zur Bühne.

»Glückwunsch, Leute! Ich freu mich für euch!«, sage ich aufgekratzt.

Einer hält die Handykamera auf mich gerichtet, und der andere zielt mit einem Schlauch auf mich, der aus seinem Rucksack kommt. Das ist bestimmt eine Konfettikanone. Eine schöne Idee, den Kauf so zu feiern. Lächelnd erwarte ich den bunten Papierregen. Das wird sicher toll aussehen im Kontrast zu dem weißen Kleid. Ich sehe die Insta-Posts schon vor mir. Eine Sekunde lang scheint die Zeit stillzustehen.

Und dann: paff, paff, paff!

Der Typ beschießt mich mit grauer Farbe.

Das Kleid ist ruiniert. Mein Gesicht gesprenkelt. Sylvie prustet ihren Champagner zurück ins Glas. Und Pierre entfährt ein Schreckensschrei, als hätte man ihm das Herz herausgerissen.

Es ist ein absoluter Albtraum, und alles, was ich denken kann, ist: Grey Space hat nicht zu viel versprochen. Sie kommen sehr gut ohne PR-Agentur zurecht.

Es lebe das *chambre de bonne*

Ich habe endlich den wahren Zweck der Pariser Bedienstetenzimmer entdeckt: Man kann sich dort super verkriechen. Wer hat schon Lust, sechs Etagen hinaufzusteigen, nur um jemanden da rauszuholen?

Das kommt mir jetzt sehr gelegen.

Nach dem mega PR-Coup von Grey Space würde ich mich am liebsten bis ans Ende meiner Tage hier verbarrikadieren. Aber das geht leider nicht. Ich werde mich Sylvie stellen müssen, ob ich will oder nicht. Pierre Cadault war gestern völlig am Ende …

Ganz im Gegensatz zu Grey Space, die sind in aller Munde – und ich gleich mit.

Als ich mich gerade auf den Weg zu meiner Henkerin machen will, klopft es an der Tür. Es ist Gabriel.

»Hi. Ähm, ich war eben auf dem Markt und habe eine Zeitung gekauft …«

Er hält mir die Titelseite hin, mit einem Foto von mir und der Schlagzeile: »Fashion Week: Skandalöser Coup von Grey Space gegen Pierre Cadault«.

»War wohl eine echte Sensation. Soll ich dir den Artikel übersetzen?«

Nicht nötig, ich war ja live dabei. Und auf die Sensation hätte ich gut verzichten können. Es fühlte sich eher wie eine Demütigung an.

»Ich will heute wirklich nicht zur Arbeit«, gestehe ich.

»Dann geh nicht. Nimm dir frei. Mach blau.«

Oh, nein, er lächelt schon wieder so hinreißend.

»Das wäre schön.«

»Finde ich auch.«

Nett von ihm, dass er nach mir geschaut hat.

Vor meiner Hinrichtung …

Die Hoffnung stirbt zuletzt

Momentan habe ich es mit Sprichwörtern. Die Hoffnung stirbt zuletzt, denke ich, nehme all meinen Mut zusammen und gehe ins Büro. Vielleicht ist Sylvie ja gar nicht sauer? Ich kann schließlich nichts dafür. Die Grey-Space-Typen haben Pierres Kleid ruiniert. Das konnte ich doch nicht ahnen.

Sie sind über Nacht zu regelrechten Social-Media-Kings geworden. Die Anzahl ihrer Follower ist buchstäblich explodiert. Und sie stellen das Kleid in ihrem Laden aus.

Ich sitze mit einem Kaffee im Pausenraum und scrolle durch die vielen, vielen Posts. Immer wieder das Foto von mir, als ich gerade mit Farbe beschossen werde. So peinlich!

»Das ist scheiße«, sagt Sylvie und zeigt mir ebenjenes Foto.

Ja, das fasst die Situation ganz gut zusammen. Aber ich lasse mir nichts anmerken. Heißt es nicht: Schlechte Werbung ist auch Werbung?

»Ich habe keinen einzigen negativen oder gemeinen Kommentar über Pierre gelesen«, behaupte ich. »Alle sagen das Gleiche: Es ist die alte Garde gegen die neue.«

»Und ›alte Garde‹ ist für Sie ein Kompliment?«

»Wir können es zu unserem Vorteil wenden«, bestätige ich. »Pierre hat über Nacht viele neue Follower gewonnen. Und mehr als 100 000 davon kommen von Grey Space. Pierre ist das Gesprächsthema Nummer eins.«

Sylvie wirkt nicht überzeugt.

»Gesprächsthema oder Gespött der Leute? Wenn er die Agentur verlässt, wird selbst Chicago Sie nicht mehr wollen.«

Leider hat sie recht. Pierre war gestern völlig außer sich. Wenn wir ihn verlieren, bin ich meinen Job los!

Zwei Irre auf Erfolgskurs

Ich will mit den irren Farbverspritzern reden. Vor ihrem Laden hat sich eine wirklich beeindruckende Warteschlange gebildet. Sie haben einen Volltreffer gelandet. Alle wollen ihre Hoodies. Das macht mich erst recht wütend. Schließlich ging ihre Werbung auf meine Kosten, und ich habe gar nichts davon!

»Hey, Leute!«, rufe ich den beiden zu, als ich eintrete. »Kennt ihr mich noch?«

»Oh, das Mädchen von der Auktion«, antwortet einer von ihnen. »Wir hoffen, unsere Performance hat dir gefallen. Sie war als Kunst gedacht.«

Bitte? Ich höre wohl nicht recht.

»Ach ja? Ich hatte eher das Gefühl, dass ihr mich in Farbe ertränken wolltet.«

»Tut uns leid«, sagt der andere.

»Wir sind riesige Cadault-Fans.«

Meine Ohren scheinen heute nicht richtig zu funktionieren. Vielleicht sind sie mit Farbe verstopft? Ich verstehe jedenfalls kein Wort von dem, was sie sagen.

Als Fan setzt man doch üblicherweise nicht alles daran, sein Idol zu blamieren, oder?

Immerhin bringt mich das auf eine Idee. Wenn sie Pierre so sehr bewundern, wie sie behaupten, dann können wir vielleicht zusammenarbeiten. Das Alte und das Neue. Oder besser: das Zeitlose und die Avantgarde. Ja, das klingt gut!

Jetzt muss ich nur noch Pierre überzeugen. Mein Glücksstern mag mich verlassen haben, aber mit LED schaffe ich das locker!

Kein Glück im Job

Ich gehe sofort zu Pierre, um ihm von meiner Idee zu berichten. Er hat seit gestern Abend sein Zimmer nicht verlassen und droht in eine Depression abzurutschen. Ich erläutere ihm das Konzept von Grey Space. Diese Designer wollen die Grenzen der Mode durchbrechen, die sich in ständigem Wandel befindet. Deshalb nehmen sie vorhandene Dinge und fügen ihnen ihre eigene Note hinzu. Ich betone, dass sie Pierre große Bewunderung entgegenbringen und gern so begabt und erfolgreich wären wie er. Doch meine Argumente erreichen den einst gefeierten Modezaren nicht. Für ihn ist Mode kein »Konzept«. Und den Grey-Space-Hoodie mit seinem Logo darauf bezeichnet er als »Lumpen«.

Was ich mir auch aus den Fingern sauge, nichts fruchtet.

Bisher ist es mir immer gelungen, die Dinge in Ordnung zu bringen. Aber dieses Mal ist alles vergebens.

Pech in der Liebe, Pech im Job.

Was für ein bescheuertes Sprichwort!

Endlich eine gute Nachricht

Einige Tage später sitze ich mit Mindy auf der Terrasse unseres Lieblingscafés und erzähle ihr alles. Nach dem katastrophalen Treffen mit Pierre Cadault hat Mathieu mich geküsst. Einfach so. Es war nur, um mich zu trösten, weiter nichts. Aber es war schon auch irgendwie schön …

Ich wollte verführerische, attraktive Männer ja nur nicht mehr ansehen. Davon, dass ich sie nicht küssen darf, war nie die Rede.

»Ich liebe Mode, aber ich hasse die Fashion Week«, sagt Mindy angesichts der drängenden Menschenmenge, die darauf wartet, einen Platz im Café zu ergattern.

»Ich mag die Fashion Week auch nicht. Pierre Cadault macht so ein Geheimnis aus seiner Kollektion. Niemand darf sein Atelier betreten. Wie soll ich seine Show promoten, wenn ich nicht weiß, wie seine Kleider aussehen?«

Um ehrlich zu sein, ich habe Riesenschiss. Seit der

»Performance« von Grey Space scheint der Designer an allem zu zweifeln. Und das ist ganz und gar nicht gut. Wir müssen seine Modenschau bewerben, für Savoir steht viel auf dem Spiel. Sylvie ist gereizter denn je, und alle zittern vor ihr, ich am allermeisten.

»Ja, das ist alles nicht leicht«, sagt Mindy voller Mitgefühl. »Willst du eine gute Nachricht hören? Der Drag-Club, in dem ich letztens gesungen habe, hat mir einen Job angeboten! Nur an zwei Abenden pro Woche, aber ich darf dann auch singen.«

»Das ist ja fantastisch! Ich freue mich so für dich. Aber sie wissen schon, dass du keine Dragqueen bist, oder?«

»Das hoffe ich doch …«

»War nur ein Scherz!«

In unser Lachen hinein brummt mein Handy. Eine Nachricht von Mathieu. Er will mich sehen. Sofort. Hoffentlich hat er auch gute Nachrichten für mich.

Eine unvergessliche Bootsfahrt

Erst die Crêpes, und jetzt das! Mathieu erwartet mich auf seinem Motorboot. Er steckt wirklich voller Überraschungen. Champagner schlürfend fahren wir über die Seine, und ich entdecke Paris aus einer ganz anderen Perspektive. Es ist wundervoll! Danach schlendern wir untergehakt im Dunkeln einen Quai entlang.

»Ist das Boot Ihre Masche, um Frauen zu beeindrucken?«, sage ich neckend.

»Ich fahre immer mit dem Boot raus, wenn ich ein Problem habe«, vertraut er mir an. »Das eröffnet mir neue Perspektiven.«

»Was ist das Problem?«, frage ich besorgt. »Ist es Pierre?«

»Er hat die Sache mit Grey Space noch nicht verdaut. Nicht mal mich lässt er seine Kollektion sehen.«

Ich bleibe stehen. Ich habe das Gefühl, dass Mathieu hinter der Fassade seines schönen Lächelns ernsthaft beunruhigt ist.

»Ihnen hat er auch nichts gezeigt? Aber die Show ist in drei Tagen! *Oh my God!* Das ist alles meine Schuld.«

»Hey, hey, hey«, sagt er tröstend und nimmt meine Hände in seine. »Er liebt es zu übertreiben. Das ist sein Charakter. Kommen Sie, ich zeige Ihnen etwas. Meine wahre Masche, um Frauen zu beeindrucken.«

Er tut das sicher nur, um mich abzulenken. Und ich muss zugeben, es funktioniert. Er führt mich auf die Terrasse seiner Wohnung, die Aussicht ist atemberaubend. Mathieus Leben ist ein Traum! Und er selbst ist auch traumhaft. Attraktiv, galant, romantisch. Mit ihm erscheint mir alles so leicht und unbeschwert. Das ist genau das, was ich brauche. Einen Augenblick fernab der Welt, fernab all meiner Probleme.

Wir küssen uns … und da ertönt irgendwo ein Klingeln.

»Was ist das?«, frage ich.

»Das Festnetz. Die Nummer kennt nur Pierre. Tut mir leid, da muss ich rangehen.«

Er eilt zum Telefon.

»*Quoi?*«, ruft er. »*Non, non, non.*«

Den Rest des kurzen Gesprächs verstehe ich nicht. Aber es scheint dringend zu sein.

»Was ist los?«, frage ich, als Mathieu aufgelegt hat.

»Er will seine Show auf der Fashion Week absagen.«

»*What? Oh my God!*«

Mathieu zieht schon seine Jacke an.

»Ich muss zu ihm. Ich hoffe, ich kann ihn zur Vernunft bringen.«

Das hoffe ich auch. Und wie!

Wenn dir der Himmel auf den Kopf fällt ...

Am nächsten Morgen warte ich nervös auf Nachrichten von Mathieu. Hoffentlich konnte er seinen Onkel beruhigen. Von der Besprechung über die künftige Zusammenarbeit zwischen dem Hotel Zimmer in Paris und der Parfümerie Lavaux bekomme ich nichts mit. Überhaupt nichts.

Ich bin wie gelähmt vor Angst, wage mir gar nicht auszumalen, wie Sylvie reagiert, wenn Pierre die Show absagen sollte. Ich sende Mathieu eine Nachricht.

»Emily, wärst du so freundlich, mir zuzuhören, *s'il te plaît?*«, bittet Luc.

Gerade als ich mein Handy weglege, stößt Julien einen Schreckensschrei aus. Er starrt ungläubig auf das Handy in seiner Hand.

»*Oh. My. God.*«

»Entschuldige, aber ich rede hier«, sagt Luc verärgert.

»Das ist ein absoluter Notfall«, rechtfertigt sich Julien. »*Women's Wear Daily* hat gerade getwittert, dass Pierre Cadault seine Show absagt.«

»Wie bitte?«, keucht Sylvie.

Es ist so weit, meine schlimmsten Befürchtungen sind eingetreten.

»Bist du sicher?«, frage ich nach. »Matt meinte gestern Abend, er könnte ihn umstimmen.«

»*Matt*?«, ruft Sylvie aufgebracht. »Was hatten Sie gestern Abend mit Mathieu Cadault zu tun? Und warum haben Sie mir nichts gesagt, wenn Sie davon wussten?«

Weil ich starr vor Angst war, deshalb. Als mein Handy vibriert, reißt sie es mir aus der Hand.

»*Allô*, Mathieu?«

Sie geht mit meinem Telefon ins Nebenzimmer und stellt auf laut.

»Pierre hat heute Morgen die Location gekündigt«, berichtet Mathieu. »Die Kollektion ist fertig, aber er will sie nicht zeigen. Beim Probedurchlauf schrie er die ganze Zeit nur ›Ringarde! Ringarde!‹ bei jedem Stück.«

»*Ringarde*«, wiederholt Sylvie und durchbohrt mich mit ihrem Blick.

Ich fürchte, dieses Adjektiv wird mir noch lange anhaften. Als Sylvie aufgelegt hat, dreht sie sich mit eisiger Miene zu mir um.

»Haben Sie die leiseste Ahnung, was Sie angerichtet haben? Erst überzeugen Sie Pierre davon, ein Kleid zu spenden, das dann ruiniert wird. Das erschüttert sein Selbstvertrauen so sehr, dass er sich weigert, an der *Paris Fashion Week* teilzunehmen, was in drei Jahrzehnten noch nicht vorgekommen ist. Und als wäre das noch nicht genug, schlafen Sie auch noch mit seinem Neffen *Matt*!«

»Also, der letzte Teil stimmt nicht ganz«, wende ich zaghaft ein.

»Wir haben also einen Modedesigner ohne Modenschau«, fährt Sylvie ungerührt fort. »Das ist ungefähr so sinnvoll wie eine Amerikanerin, die kein Französisch spricht, in einer Pariser Marketingfirma.«

»Lassen Sie mich mit ihm reden«, bitte ich.

Ich kann doch wenigstens versuchen, Pierre umzustimmen. Sylvie muss mir nur eine letzte Chance geben.

»Sie sind gefeuert«, sagt sie stattdessen und gibt mir mein Handy zurück. »Verschwinden Sie aus meinem Büro. Packen Sie Ihre Sachen. Ich will Sie hier nie wieder sehen.«

Ihr Ton duldet keinen Widerspruch. Aber, das geht doch nicht! Ich öffne den Mund, um etwas zu sagen. Und schließe ihn wieder. Ich bin zu schockiert, um mich zu verteidigen. Und Sylvies Entschluss steht fest. Was sollte ich da noch sagen?

Balsam für die Seele

Ich kann es nicht glauben. Ich muss die Agentur verlassen, meine Kollegen, Paris. Ich stehe wie vom Donner gerührt an meinem Schreibtisch, unfähig, mich zu bewegen. Unfähig, zu akzeptieren, dass ich mich von all dem verabschieden muss. Sie sind mir alle so ans Herz gewachsen, Julien, Luc, Sylvie. Ja, sogar Sylvie.

Mir war es gelungen, mich anzupassen, und ich fühlte mich wohl hier. Ich hatte endlich das freie Leben, das ich mir immer gewünscht hatte. Doch jetzt liegt es in Schutt und Asche. Mitsamt meiner Karriere. Denn meine Kündigung hier wird bestimmt auch Konsequenzen in Chicago haben.

Julien und Luc kommen zögernd zu mir.

»Ist alles okay?«, fragt Luc.

»Nein. Sylvie hat mich gefeuert.«

Die beiden atmen erleichtert auf. Haben sie sie noch alle?

»Ach, wenn es weiter nichts ist!«, ruft Luc.

»Ja, halb so schlimm«, stimmt Julien bei. »Wir dachten schon, es sei jemand gestorben. In Frankreich ist es quasi unmöglich, jemanden zu feuern.«

»Wie jetzt?«

»Ja«, bestätigt Luc. »Die Bürokratie, der Papierkram und so, das dauert Monate!«

»Jahre!«, trumpft Julien auf. »Schluck einfach deinen Stolz herunter, komm ein-, zweimal pro Woche ins Büro, schieb ein paar Dokumente von links nach rechts, und meide Blickkontakt mit Sylvie.«

»Ein Freund von mir wurde von einer Anwaltskanzlei gefeuert«, erzählt Luc. »Er war so sauer, dass er sein Handy in die Seine geworfen hat. Sie konnten ihn wochenlang nicht erreichen und daher das Prozedere nicht abschließen. Und dann haben sie es irgendwie vergessen. Jetzt ist er Partner!«

Julien lächelt mich an.

»Wenn du willst, werfen wir dein Handy auch in die Seine.«

Ich bin gerührt. Wenn ich da an meine ersten Tage hier denke, als sie sich Ausreden ausdachten, um nicht mit mir zu Mittag essen zu müssen, und mich »la plouc« nannten! Seitdem hat das Landei aus Chicago sie kennen und lieben gelernt. Sie werden mir sehr fehlen.

»Nein, lieber nicht. Aber danke für das Angebot. Ohne euch beide hätte ich hier keine Woche überlebt.«

»Emily, wir werden immer zu dir stehen«, erklärt Luc feierlich. »Immer.«

Kaum hat er das ausgesprochen, kommt Sylvie aus ihrem Büro, und meine beiden Kollegen rennen davon wie erschreckte Kaninchen.

So sieht das also aus, wenn sie »zu mir stehen«. Aber egal, dass sie mir helfen wollen, ist trotzdem wie Balsam für meine wunde Seele. Es tut nicht mehr ganz so weh.

Gabriel verlässt uns!

Was für ein furchtbarer Tag! Der schlimmste meines Lebens. Der Beistand meiner Kollegen hat zwar gutgetan, aber jetzt will ich sie erst recht nicht verlassen. Ob sie recht haben? Gibt es noch eine Chance für mich, in der Agentur zu bleiben? Ich gehe nach Hause, völlig verstört. Das einzig Gute ist: Nach einem so schrecklichen Tag kann ich nicht mehr tiefer sinken. Als ich vor dem Haus ankomme, höre ich laute Stimmen. Gabriel und Camille streiten sich.

Sie sind beide sehr aufgebracht und werfen sich offenbar gegenseitig vor, egoistisch zu sein. Dann lässt Gabriel Camille einfach stehen und geht zum Restaurant. Sie ruft ihm noch hinterher, er solle sich zum Teufel scheren.

So klingt es jedenfalls. Das ist wohl keine harmlose Kabbelei. Ich gehe zu Camille, die sich eine Träne von der Wange wischt.

»Was ist passiert?«, frage ich sanft. »Kann ich etwas tun?«

»Gabriel hat ein Restaurant gefunden, das er sich leisten kann.«

»Das ist doch gut, oder?«

»Das Restaurant ist nicht in Paris, Emily. Es ist in der Normandie, in der Nähe von seinem Heimatort.«

Ich kann es nicht glauben. Wie kann Gabriel uns das antun? Einfach weggehen? Uns verlassen? Äh, Camille verlassen.

»Er zieht nächste Woche um«, sagt diese.

What?

»Nächste Woche?«, rufe ich entsetzt. »Warum erfahren wir das erst jetzt? Ich fass es nicht, ich bin schockiert! Nicht so schockiert wie du, natürlich. Du musst *très* schockiert sein.«

»Ich platze vor Wut!«

»Ich auch!« Meine Stimme überschlägt sich.

Gabriel verlässt uns! Einfach so, von heute auf morgen! Als würden wir ihm rein gar nichts bedeuten. Also, als würde Camille ihm rein gar nichts bedeuten.

»Was denkt er sich dabei?«, fahre ich etwas gefasster fort.

»Keine Ahnung. Entweder glaubt er, ich würde ihn an den Arsch der Welt begleiten, oder er macht auf diese Weise mit mir Schluss.«

Sie sieht furchtbar elend aus.

»Das tut mir so leid.«

»Ich fahre zu meinen Eltern, um in Ruhe nachzu-
denken.«

Sie umarmt mich und bedankt sich dafür, dass ich
ihr eine so gute Freundin bin.

Ich habe mich geirrt: Ich kann doch noch tiefer sinken.

Omelett, du wirst mir fehlen!

Am nächsten Morgen besuche ich Gabriel. Der kann sich auf was gefasst machen! Wie kommt er dazu, mich einfach so sitzen zu lassen? In einer Beziehung … also, unter Nachbarn, gibt es doch Verpflichtungen. Er ist schon dabei, Kisten zu packen. Er darf einfach nicht wegziehen! Dann treffe ich ihn nie mehr im Treppenhaus – oder verstecke mich vor ihm. Bin nicht mehr seinen ach so unschuldigen Charmeattacken ausgesetzt. Muss ohne sein hinreißendes Lächeln und seine feurigen Blicke leben.

»Und wann wolltest du es mir sagen? Oder hättest du mir nur einen Zettel hingelegt?«, frage ich.

»Es ging so schnell mit dem Vertrag. Und es ist in der Normandie. Das ist eine einmalige Gelegenheit. Ich habe zwar immer von einem eigenen Restaurant in Paris geträumt, aber …«

»Manchmal führen uns unsere Träume an unerwartete Orte«, beende ich seinen Satz. »Ich weiß. Ich dachte auch, Chicago wäre das Richtige für mich.

Und jetzt bin ich hier und muss mich von meinem ersten Pariser Freund verabschieden. Ich kann mir Paris ohne dich als Nachbarn einfach nicht vorstellen. Und ohne deine Omeletts. Deine Omeletts werden mir fehlen.«

Hat er es verstanden? So wie er lächelt, wahrscheinlich schon.

»Du wirst ihnen auch fehlen.«

»Aber ich freue mich auch für dich.«

Gabriel wird seinen Traum verwirklichen. Wie könnte ich ihn deswegen verurteilen? Nur schade, dass ihn dieser Traum so weit von mir wegführt.

Hammerkollegen

Mit einem flauen Gefühl im Magen gehe ich zur Agentur. Bevor ich aus dem Aufzug trete, atme ich einmal tief durch. Sylvie wird mich schon nicht fressen, oder? Als Erstes begrüßt mich Julien mit einem breiten Lächeln. Aber plötzlich steht Sylvie vor mir, wie aus dem Nichts aufgetaucht. Mein Anblick scheint sie nicht zu erfreuen.

»Was machen Sie denn hier? Muss ich Sie noch mal feuern?«

Hinter ihr nickt Julien mir ermutigend zu. Ich denke daran, was er und Luc mir gestern erzählt haben, und versetze mich in die Rolle einer französischen Angestellten. Also einer Angestellten, der man nicht so mir nichts, dir nichts kündigen kann. Ich werde bleiben. Und wenn Sylvie sich auf den Kopf stellt! Ich bin jetzt eine Pariserin, und ich habe Rechte!

»Äh, nein«, stottere ich. »Aber ich habe Kunden, und solange die Kündigung nicht offiziell ist, bin ich Ihnen und Savoir gegenüber noch verpflichtet.«

Sylvie wendet sich an Julien, der sofort eine unschuldige Miene aufsetzt.

»Julien, bringen Sie mir das Kündigungsformular, damit ich es offiziell machen kann.«

»*Bien sûr*, Sylvie«, sagt er gehorsam.

Er geht, schüttelt hinter dem Rücken unserer tyrannischen Chefin aber kaum merklich den Kopf. Ich muss ein Lachen unterdrücken.

»Ich übernehme Ihre Kunden«, sagt Sylvie. »Aber wenn Sie unbedingt hier sein müssen, dann machen Sie sich unsichtbar.«

Klar, unsichtbar, das ist mein zweiter Vorname! In diesem Moment kommt Luc zu uns.

»Sylvie, wir müssen über Maison Lavaux sprechen. Ich habe nachgedacht, und ich glaube, es wird nicht funktionieren.«

»Was?«, fragt sie argwöhnisch.

»Ich und Antoine«, antwortet Luc skeptisch. »Wissen Sie, was passiert, wenn man zwei Alphamännchen in einen Käfig steckt? Sie bekämpfen sich bis aufs Blut!«

Er sieht mich an. Ah, habe verstanden!

»Ich kann dich gerne vertreten.«

»Sie arbeiten aber nicht mehr hier«, widerspricht Sylvie.

»Vielleicht nur, bis wir eine bessere Lösung gefunden haben?«, schlägt Luc vor.

Sylvie überlegt einen kurzen Augenblick.

»Gut. Dann sind Sie beschäftigt, bis die Kündigung offiziell ist.«

Habe ich ein Glück, meine Kollegen sind echt der Hammer!

Wie Phönix aus der Asche

Ich hätte es wissen müssen. Der Tag hat zu gut begonnen, so konnte es ja nicht weitergehen. Kurze Zeit später erhalte ich eine Einladung, auf die ich gern verzichtet hätte. In der Location, die ursprünglich Pierre Cadault gemietet hatte, findet jetzt die Grey-Space-Show statt. Und sie laden mich ein! Wenn das keine Provokation ist, dann weiß ich auch nicht. Ich finde die beiden inzwischen furchtbar eingebildet und prätentiös. Wie zwei schlecht erzogene Kleinkinder. Sie müssen Pierre doch nicht noch einmal demütigen! Sie haben so schon genug Presse.

Da ruft Mathieu an. Ich kann mir denken, warum.

»Ich habe gerade eine Einladung von Grey Space erhalten.«

»Pierre hat auch eine bekommen«, sagt Mathieu.

»Im Ernst? Sie tanzen auf seinem Grab und laden ihn auch noch dazu ein? Das ist eine Frechheit!«

»Es ist erbärmlich«, stimmt Mathieu mir zu. »Pierre tobt. Und er will dich sehen, sofort.«

Oh, oh, was er wohl von mir will? Aber an sich ist das doch ein gutes Zeichen, oder? Sylvie besteht darauf, mich zu begleiten.

Im Atelier begrüßt uns ein bestens aufgelegter und überhaupt nicht mehr deprimierter Pierre. Vielleicht ist er erleichtert, weil der Druck der Show nicht mehr auf ihm lastet?

»Ah, Gossip Girl! *Elle est arrivée!*«

Er scheint sich richtig zu freuen, mich zu sehen. Er nennt mich »Gossip Girl«, nicht »Ringarde«.

»*Bonjour*, Pierre. *Comment ça va?*«, erkundige ich mich vorsichtig.

»*Très bien*«, antwortet er überschwänglich und küsst mir die Hand. »Kommen Sie, ich will Ihnen etwas zeigen!«

Zusammen mit Sylvie und Mathieu folge ich ihm zu einer Ankleidepuppe, die mit einem Laken verhüllt ist.

»Fast hätte ich eine altbackene, kraftlose Kollektion präsentiert. Ich war viel zu lange als Schlafwandler unterwegs. Aber jetzt bin ich aufgewacht! Hahahaha!«

Triumphierend enthüllt er seine Kreation. Und ich bin sprachlos. Dieses Kleid ist ganz anders als seine üblichen Werke. Geradezu eine Metamorphose! Es ist avantgardistisch, knallbunt, verrückt, und ein klarer Bruch mit den Normen der Haute Couture. Sylvie wirkt schockiert. Aber ich bin begeistert! Pierre ist auferstanden wie Phönix aus der Asche.

»Pierre, das ist einzigartig!«, rufe ich schließlich aus.

»Und Sie waren meine Muse!«

»Ja, es ist sehr originell, Pierre«, sagt Sylvie mit einem gezwungenen Lächeln.

»Es ist die Zukunft von Pierre Cadault«, antwortet er überzeugt. »Und ich will es der Welt sofort zeigen!«

»Allerdings hast du die Show abgesagt«, wendet Mathieu ein. »Da haben wir wohl ein kleines Problem.«

»Es ist eine fantastische Idee«, sagt Sylvie. »Aber wie sollen wir mit einem einzigen Kleid eine Modenschau organisieren?«

Doch dieser Einwand kann Pierre nicht schrecken. Er verspricht, auf der Stelle noch ein Dutzend Kleider zu entwerfen. Wenn sie alle auf diesem Niveau sind, wird er der absolute Star der Fashion Week. Jetzt muss ich nur noch einen Veranstaltungsort für ihn finden. Und zwar bis morgen.

Tom Cruises Herausforderungen in *Mission: Impossible* waren nichts dagegen.

Zum Glück bringt mich ein neues Video von Grey Space auf eine Idee. Die beiden Irren haben gefilmt, wie sie das Pierre-Cadault-Banner an der alten Location mit Farbe beschießen und dann ihr Logo darübersprayen.

Eine weitere unnötige Demütigung.

Aber es wird ihre letzte gewesen sein. Wie sagt man so schön? Ich werde es ihnen mit gleicher Münze heimzahlen.

Oh, ja, die werden sich noch wundern!

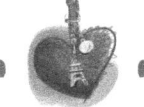

Wie im Taubenschlag

Ich arbeite wie verrückt, erst im Büro und dann abends zu Hause. Ich habe die ganze Zeit eine Standuhr vor Augen und sehe die Sekunden vorüberziehen. Ticktack, ticktack. Dieses Mal darf nichts schiefgehen. Wenn Pierres Show kein Erfolg wird, verzeiht Sylvie mir das nie. Und dann können auch meine Hammerkollegen mir nicht mehr helfen. Ich versende gefühlt eine Milliarde E-Mails und regele unzählige Details, und dann steht plötzlich Mindy mit Sack und Pack vor meiner Tür.

»Die Duponts haben mich rausgeworfen«, verkündet sie.

Offenbar hat es ihren Arbeitgebern nicht gepasst, dass sie jetzt in einem Drag-Club singt.

»Du kannst so lange bleiben, wie du willst«, versichere ich ihr.

»Du bist die Beste, Emily«, sagt sie und umarmt mich. »Ich kaufe dir ganz viel Wein. Wir werden eine tolle WG!«

Da klopft es schon wieder an der Tür. Hier geht es ja zu wie in einem Taubenschlag, dabei habe ich doch so viel zu tun!

Es ist Gabriel, und mein Herz macht einen Satz. Was will er? Bitte, bitte, mach, dass er es sich anders überlegt hat und in Paris bleibt! Lieber Glücksstern, ich bitte dich nicht oft um etwas, jetzt könntest du doch wenigstens ein Mal deinen Job machen.

»Ich habe ein Abschiedsgeschenk für dich«, sagt Gabriel ein wenig schüchtern.

Abschied, wie ich dieses Wort hasse!

»Müsste nicht eigentlich ich dir eins geben?«

»Na ja, ich dachte, du freust dich vielleicht über die hier.«

Er zieht seine Pfanne hinter dem Rücken hervor. Die Pfanne, in der er immer Omelett für mich zubereitet. Zubereitet hat. Muss ich mich wirklich daran gewöhnen, von Gabriel in der Vergangenheit zu sprechen?

»Und falls du morgen Abend noch nichts vorhast – es ist mein letzter Tag im Restaurant«, fährt er fort.

»Morgen schon? Warum so schnell?«

»Warum warten, wenn mein neues Leben ruft?«

Na warte, Glücksstern, wenn ich dich erwische!

Eine triumphale Show

Es ist so weit, der Tag der Modenschau ist da. Vor der Location warten die Journalisten dicht gedrängt auf den Beginn der Grey-Space-Show. Aber ich höre nichts von dem Lärm, so sehr dröhnt mein Herzschlag in meinen Ohren. Pierres Metamorphose hat mich dazu inspiriert, das Konzept noch weiter auszureizen. Ich hoffe, ich bin nicht zu weit gegangen. Aber das werde ich ja bald erfahren. Ich wünsche mir so sehr, dass es klappt, für Pierre, für mich, und um Grey Space zu zeigen, dass sie nicht die Kings sind.

Es wird klappen, es muss einfach.

Mehrere schwarze Limousinen fahren auf den Hof. Aus einer steigt Pierre Cadault. Er trägt einen silbrig glänzenden Parka und ein T-Shirt mit seinem Logo darauf.

»Pierre, sind Sie hier, um Grey Space zu sehen?«, fragt ihn ein Journalist.

»Nein, ihr seid alle gekommen, um Pierre Cadault

zu sehen. Hahahaha!«, antwortet Pierre und führt ein kleines Tänzchen auf.

In diesem Moment fährt ein Müllwagen durch das Tor. Auf seinem Dach sind Boxen befestigt, aus denen Techno-Musik dröhnt. Erstaunt drehen sich die Fotografen zu dem Gefährt um. Dann steigen Models in Pierres neuen Kreationen aus, und die allgemeine Verblüffung ist perfekt.

Es sind knallige, extravagante und genial geschnittene Kleider. Außerdem haben sie graffitiartige Aufschriften wie »Basic Bitch«, »Over«, »Fashion is Trash«, »Pierre who?«.

Mehrere Models tragen Baskenmützen, breite Gürtel und Statement-Ketten, die den meinen ähneln. Und eine hat sogar eine große rote Plüschtasche in Herzform, auf der »Ringarde« steht.

Muse sein ist toll!

Dem Applaus und den »Pierre Cadault«-Rufen nach zu urteilen, ist das Publikum begeistert. Ein wahrer Triumph!

Die Grey-Space-Typen hingegen gucken ziemlich dumm aus ihren Overalls. Beim nächsten Mal überlegen sie es sich sicher zweimal, bevor sie jemanden derart demütigen.

Freud und Leid an einem Tisch

Am Abend lade ich alle in Gabriels Restaurant ein. Sylvie, Luc, Julien, Mathieu und Pierre Cadault. Die Medien haben über den Erfolg seiner Show berichtet, und er wirkt überglücklich. Wie wir alle eigentlich.

Und da ich das Restaurant in der Instagram-Story des Designers getaggt habe, ist es zum Bersten voll.

Plötzlich tauchen Antoine und Catherine auf. Am liebsten würde ich aufstehen und ihnen sagen, dass kein Tisch mehr frei ist. Aber sie haben bestimmt reserviert. Also tippe ich Sylvie an. Sie schaut auf und murmelt:

»Oh, *merde.*«

Doch dann begrüßt sie die beiden mit einem aufgesetzten Lächeln.

»Catherine, Antoine, *bonsoir!* Ihr kommt genau richtig. Der Koch hat heute seinen letzten Tag. Er zieht in die Normandie.«

»Ach, wirklich?«, fragt Antoine, und Catherine fügt hinzu:

»Da haben wir ja Glück gehabt. Antoine verspricht mir schon seit Wochen, dass wir hier essen gehen.«

»Tja, mit Versprechen kennt er sich aus«, sagt Sylvie.

Zum Glück gehen Catherine und Antoine dann zu ihrem Tisch, und das weitere Essen verläuft ungetrübt. Danach lädt Mathieu mich ein, am nächsten Wochenende mit ihm nach Saint-Tropez zu fahren. Ich weiß natürlich, was das bedeutet.

Es war ein unglaublicher und emotionsreicher Tag. Einerseits ist mir meine »Mission impossible« geglückt, dank Pierre Cadaults Talent. Andererseits werde ich Gabriel verlieren. Daher hat dieser Sieg auch einen leicht bitteren Beigeschmack.

Es ist spät geworden, die meisten Gäste sind gegangen. Pierre und die anderen gehen hinaus, um frische Luft zu schnappen. Gabriel kommt, um sich von mir zu verabschieden.

»Also, danke«, sagt er sichtlich gerührt. »Dank dir wird mein letzter Abend in die Annalen eingehen.«

»Ich habe mich nur revanchiert.«

Er lächelt mich an, doch dann wird sein Blick plötzlich traurig, fast verzweifelt. Ich würde ihn so gern in die Arme schließen, seinen Duft einatmen. Doch ich halte mich zurück.

»Gute Nacht, Gabriel«, sage ich stattdessen. »Und viel Glück.«

Pierre will noch weiterfeiern, und Mathieu fragt, ob

ich mitkomme. Doch ich lasse ihn alleine gehen. Ich möchte lieber nach Hause und mich unter der Bettdecke verkriechen. Oder noch ein Glas Wein trinken, um meinen Kummer zu vergessen.

Doch ich kann nicht vergessen.

Ich öffne das Fenster und sehe, wie Gabriel die Stühle von der Terrasse räumt. Ich werde ihn so vermissen, und ich halte es nicht länger aus.

Ich kann ihn nicht einfach so gehen lassen.

Ich kann es einfach nicht.

Eine graue Wolke

Ich verbringe eine traumhafte Nacht mit Gabriel, aber das Problem mit Träumen ist, dass sie flüchtig sind. Wenn man daraus erwacht, wird man brutal in die Realität zurückgeworfen.

Gabriel geht in die Normandie. Ja, ich weiß, so weit ist das nicht von Paris. Ich kann ihn besuchen. Aber sollten wir uns überhaupt wiedersehen? Camille und er haben sich zwar getrennt, aber ich habe dennoch ein schlechtes Gewissen. Ich habe immer noch das Gefühl, von einem verbotenen Crêpe genascht zu haben. Oder drastischer ausgedrückt: jemandem den Crêpe geklaut und ihn ganz und gar verschlungen zu haben.

Die Nacht mit Gabriel war so … Noch besser als in meinen kühnsten und schönsten Tagträumen!

In einer perfekten Welt würde Gabriel bei mir bleiben. Und er hätte Camille nie gekannt, und ich hätte mich nicht mit ihr angefreundet.

Auf meinen Glücksstern kann ich mich wirklich

nicht mehr verlassen, er ist verdammt schlecht in seinem Job!

Ich gehe ins Büro und habe keine Ahnung, was mich dort erwartet. Gestern Abend wirkte Sylvie recht zufrieden, jedenfalls bis Antoine und seine Frau aufgetaucht sind. Aber wie wird sie heute gelaunt sein?

Ich setze mich an den Computer und versuche, mich auf die Arbeit zu konzentrieren, da kommt sie auch schon angerauscht.

»*Bonjour*, Sylvie! Ich habe mit Pierres Pressesprecher geredet. Er gibt morgen der *Vogue* ein Interview. Ich dachte, wir …«

»Seien Sie doch mal einen Augenblick still und hören einfach nur zu«, unterbricht sie mich. »Bezüglich unseres Gesprächs von neulich habe ich beschlossen, Ihnen nicht zu kündigen.«

»Im Ernst?«

Sie verdreht die Augen und seufzt. Okay, ich bin ja schon still.

»Sie haben Potenzial, aber Ihnen fehlt noch der richtige Schliff. Wenn Sie bei Savoir bleiben, werde ich nicht mehr so nachsichtig mit Ihnen sein. Verstanden?«

»Verstanden«, sage ich in absolut ernstem Ton.

Meine Kollegen scheinen sich für mich zu freuen. Und ich freue mich auch.

Allerdings schwebt noch eine kleine graue Wolke über mir. Sie heißt Gabriel.

Glücksstern, du bist gefeuert!

Auf dem Nachhauseweg bleibe ich vor Gabriels Restaurant stehen. Hier habe ich so viele schöne Momente erlebt. Ich erinnere mich an den Abend, an dem ich erfahren habe, dass mein SSN hier der Küchenchef ist. Ohne ihn wird nichts mehr so sein wie vorher. Jedes Steak wird zu blutig sein, jedes Omelett eine Zumutung, und mein Leben ... total fade. Plötzlich ruft jemand meinen Namen und reißt mich aus meinen Gedanken. Antoine sitzt auf der Terrasse. Was hat der denn hier zu suchen? Das Restaurant ist doch geschlossen.

»Hi«, sage ich. »Das Essen gestern hat Ihnen wohl besonders gut geschmeckt?«

»Ich bin geschäftlich hier«, antwortet er. »Und Sie?«

»Ach, ich wohne gleich da drüben.« Ich zeige auf das Haus.

»Wie praktisch.«

Was meint er denn damit?

Noch bevor ich darüber nachdenken kann, steht

plötzlich Gabriel vor mir. Halluziniere ich? Er hat eine Flasche Champagner und zwei Gläser in der Hand. Das ist bestimmt ein Traum. Oder ich habe Entzugserscheinungen. Ich denke so sehr an meinen SSN, dass ich ihn überall sehe. Aber dieses Leuchten in seinen Augen, als er mich sieht … Nein, das bilde ich mir nicht ein. Er ist wirklich und wahrhaftig hier.

»Ich dachte, du wärst schon weg.«

»Ich auch«, sagt er.

»Wozu die Flasche?«, frage ich. »Ein Abschiedsumtrunk?«

Antoine lächelt uns an.

»Ganz im Gegenteil. Ich konnte nicht zulassen, dass Paris einen so vielversprechenden Jungkoch verliert.«

»Antoine möchte in mein Restaurant investieren«, fügt Gabriel strahlend hinzu.

»Hier in Paris?«, frage ich.

»Ja, natürlich«, sagt Antoine. »Gabriels Platz ist hier.«

Ja, hier, bei mir! Ganz, ganz nah bei mir. Und nur bei mir.

Während Antoine telefoniert und Gabriel ein drittes Glas holt, bekomme ich eine Nachricht von Camille. Gabriel hat ihr gesagt, dass er in Paris bleibt. Und sie will mit mir reden.

Worüber bloß? Über die Nacht, die ich mit ihrem Ex verbracht habe? Darüber, wie unvergesslich lecker dieser Crêpe gewesen ist?

Ich hoffe, sie bittet mich nicht um Rat, wie sie sich mit ihm versöhnen kann. Doch, natürlich, das muss es sein! Dafür sind Freundinnen schließlich da. Man hilft sich, man unterstützt sich.

Und man verrät sich.

Aber ich dachte, zwischen ihr und Gabriel sei es aus!

Genau betrachtet ist mein Glücksstern nicht faul, nein, er verdreht nur alles. Statt den Leuten zu helfen, macht er ihnen das Leben schwer! Ich wünschte, ich könnte ihn feuern! Auf die amerikanische Art, nicht auf die französische.

Was soll ich denn jetzt nur tun?

In den nächsten Flieger nach Chicago steigen, das wäre sicher die beste Lösung. Camille wird mich kaum über den Atlantik verfolgen.

Mein Blick wandert über die Straße, die Häuser. Meine Bäckerin winkt mir durch die Fensterscheibe zu. Claudette, die Blumenhändlerin, sieht mich an, als wollte ich ihre Rosen klauen. Und ich denke an Juliens und Lucs fröhliche Gesichter, als sie erfahren haben, dass ich bei Savoir bleibe.

Nein, ich werde nicht fliehen. Mein Leben ist jetzt hier. Ganz egal, welche Überraschungen und Ärgernisse es noch für mich bereithält …